ENTDECKT

CLUB V - BUCH 3

JESSA JAMES

Entdeckt: Copyright © 2020 von Jessa James

Alle Rechte vorbehalten. Kein Teil dieses Buches darf in irgendeiner Form oder mit irgendwelchen Mitteln, elektronisch, digital oder mechanisch, reproduziert oder übertragen werden, einschließlich, aber nicht beschränkt auf Fotokopieren, Aufzeichnen, Scannen oder durch irgendeine Art von Datenspeicherungs- und Datenabfragesystem ohne ausdrückliche, schriftliche Genehmigung des Autors.

Veröffentlich von Jessa James
James, Jessa
Entdeckt

Cover design copyright 2020 by Jessa James, Author
Images/Photo Credit: depositphotos: mochak

Hinweis des Herausgebers:
Dieses Buch wurde für ein erwachsenes Publikum geschrieben. Das Buch kann explizite sexuelle Inhalte enthalten. Sexuelle Aktivitäten, die in diesem Buch enthalten sind, sind reine Fantasien, die für Erwachsene gedacht sind, und jegliche Aktivitäten oder Risiken, die von fiktiven Personen innerhalb der Geschichte übernommen werden, werden vom Autor oder Herausgeber weder befürwortet noch gefördert.

1

ETE

Ich blickte aus meinem Bürofenster auf die Straße, während der Regen dagegen prasselte. New York zeigte sich von seiner scheußlichsten Seite und ich war dankbar, im Trockenen zu sitzen, auch wenn ich gleich ein Gespräch mit meinen Geschäftspartnern führen musste, auf das ich getrost verzichten könnte.

„Was läuft?", fragte Jake, der in mein

Büro stolzierte und sich auf einen der Lederstühle fallen ließ, als gehörte ihm der Laden. Nun ja, ihm gehörte auch ein Drittel des Ladens, aber nicht mein Büro.

Ich zuckte leicht mit den Schultern. „Wir warten, bis Neil da ist, bevor wir anfangen."

Als wäre er aus dem Äther heraufbeschworen worden, tauchte Neil im Türrahmen auf. „Du hast gerufen?"

„Setz dich bitte", sagte ich und deutete auf einen der anderen Stühle gegenüber meinem Schreibtisch. Ich wartete, bis sie beide saßen, blieb selbst jedoch stehen, wo ich war. Sie waren beide schreckliche Alphamänner, was die Zusammenarbeit manchmal schwierig gestaltete. Daher wollte ich ihnen nochmal in Erinnerung rufen, wer die Idee vom Club V gehabt hatte und dass der ganze Laden ohne mich auseinanderfallen würde. Ich blieb, wie ich war, am Fenster stehen, die Arme vor der Brust verschränkt. Ich wusste, dass ich eine beeindruckende Figur abgab und wollte, dass sie das im Hinterkopf hatten, wenn ich ihnen erzählte, was meine Aufmerksamkeit erregt hatte.

Meinen Collegefreunden und jetzt Geschäftspartnern war nämlich nicht bewusst, dass wir momentan auf einem Kartenhaus saßen, das jeden Moment in sich zusammenfallen könnte. Eine falsche Bewegung und wir könnten tief fallen. Ich löschte inzwischen schon eine ganze Weile Feuer, bezahlte Leute und sorgte für die Einhaltung unserer exklusiven Sicherheitsüberprüfungen. In letzter Zeit war es jedoch einige Male ziemlich knapp gewesen. Daher war es an der Zeit, dass sie erfuhren, was hinter den Kulissen vor sich ging und was uns, meiner Einschätzung nach, noch bevorstand.

„Ich werde gleich zum Punkt kommen", begann ich. „Erinnert ihr euch an den Agenten, den wir vor ein paar Wochen im Auktionsraum erwischt haben?"
Sie nickten beide.

„Tja, darum wurde sich gekümmert. Lasst uns einfach sagen, dass er es auf einen Rabatt auf unsere Ware abgesehen hatte."

„Dann ist das Problem ja gelöst", sagte Neil und winkte mit der Hand ab.

Ich schüttelte den Kopf. „Nicht so schnell. Das ist der dritte in genauso vielen Monaten. Wir ziehen deren Aufmerksamkeit auf uns und ich habe das Gefühl, dass wir für viele beim Kriminalamt ein offenes Geheimnis sind. Wir müssen in Bestform sein und sicherstellen, dass wir alles wirklich gut unter Verschluss halten. Wir müssen eine Weile die ‚exklusiver Gentlemen's Club' Schiene fahren. Weiterhin Werbung bei den richtigen Leuten machen. Je wichtiger und einflussreicher, desto besser. Bei Leuten, die etwas zu verlieren haben, ist es sehr viel unwahrscheinlicher, dass sie darüber reden, was hier hinter den Kulissen so abläuft."

Jake nickte. „Bei mir stehen einige Events an. Die Met Gala. Ein paar Wohltätigkeitsauktionen. Ich denke, wir werden durch diese Events einige neue Mitglieder – von der Sorte, nach der du suchst – gewinnen."

Ich kratzte mich am Kinn. „Wir müssen allen immer einen Schritt voraus sein. Ich mache mir keine allzu großen Sorgen darüber, dass das FBI oder irgendeine andere Sicherheitsbehörde uns auffliegen lässt – ihr müsst bedenken, nichts von dem, das wir hier tun, verstößt gegen das Gesetz. Es ist nur... dass sie es in den Medien so darstellen werden."

„Wir haben zu viel in den Club investiert – Zeit, Geld, unseren Lebensunterhalt – um jetzt irgendeinen Fehler zu machen", fügte Neil hinzu.

„Ich wollte nur sichergehen, dass ihr beide wisst, was mit dem Agenten los war, und wir weitermachen, als wäre nichts gewesen. Ich habe mich um die Details gekümmert und denke, dass vorerst alles in Ordnung ist. Unsere PR müssen wir allerdings etwas vorsichtiger angehen", erklärte ich.

„Wie sieht der Plan dafür aus?", erkundigte sich Jake, während er seinen Pferdeschwanz nach hinten glättete. Der Kerl war immer noch so aalglatt wie eh und je und achtete stets auf sein Aussehen, selbst wenn keine Frauen in der Nähe waren, die er beeindrucken konnte.

„Nun, ein Artikel in einem Männermagazin ist im Gespräch. Er befindet sich noch in der Planungsphase, aber ich wurde von einem der Kulturredakteure kontaktiert. Das wird eine gute Werbung für die Sorte von Klientel sein, nach der wir suchen, und ich denke, dass es auch dabei helfen wird, die Nachbarschaft davon zu überzeugen, dass wir ein legales Unternehmen sind. Die Auflage ist nicht gerade hoch, aber spricht die demographische Gruppe an, die wir in dieser Gegend erreichen wollen."

Ich ließ meine Knöchel knacken und blickte erneut aus dem Fenster. Bezüglich der Magazinanfrage war ich mir unsicherer, als ich es vor meinen Geschäftspartnern zeigte.

„Wie auch immer, was steht diese Woche für euch beide auf dem Plan?"

Neil lehnte sich in seinem Sessel zurück. „Ich muss dieses Wochenende für einen großen kombinierten Junggesellen- und Junggesellinnenabschied nach Las Vegas, der in unserer Filiale dort gefeiert wird."

Ich zog eine Augenbraue hoch. „Ein Junggesellinnenabschied? Von denen haben wir nicht gerade viele. Alles Clubmitglieder?"

Neil nickte. „Die Junggesellen sind alle Mitglieder und wie es aussieht, ist die zukünftige Braut ebenfalls daran interessiert, dem Club beizutreten. Sie bringt ihre Brautjungfern mit und wir hoffen, dass wir uns diese Woche auch einige von ihnen als neue Mitglieder sichern können. Ein paar Schauspielerinnen und ein Model. Sie stehen auf die Vorstellung von offenem Sex: wir müssen ihnen, nur schmackhaft machen, was wir zu bieten haben."

„Wenn das irgendjemand kann, dann du. Wie sieht's bei dir aus Jake?"

Jake gähnte und verschränkte die Hände hinter dem Kopf. „Ich bring mein Mädel zum Club in Atlanta. Ich möchte eine kleine Führung mit ihr machen, ihr zeigen, was wir dort unten am Laufen haben. Und ich denke, dass es sie interessieren könnte, sich anzuschauen, was wir dort unten anbieten."

„Ist sie das Mädel, das du hier kennengelernt hast?", fragte Neil, der sich zu Jake gedreht hatte.

Er nickte. „Und nach einem Monat mit meinem Halsband ist sie wild und bereit, den Lifestyle voll auszuleben."

Ich verdrehte die Augen. „Schön für dich. Achte einfach darauf, dass du auch einen Teil der Geschäfte anpackst, wenn du schon dort unten bist, okay?"

Jake zwinkerte. „Oh ja, ich werde eine Menge *anpacken*."

„Ich schätze, dann haben wir alles

besprochen", erwiderte ich kopfschüttelnd. „Ich werde euch nicht noch länger aufhalten."

Die Männer verließen das Büro und ließen mich mit meinen Gedanken allein. Ich hatte mich zwar bemüht, sie zu beruhigen, doch mir selbst schwirrten nach wie vor Fragen darüber durch den Kopf, was mit dem FBI und den Cops vor Ort passieren würde. Wir taten alles in unserer Macht Stehende, damit die Geschäfte in den Club V Filialen überall in den Vereinigten Staaten legal blieben, aber ich konnte spüren, wie sich die Schlinge immer enger zog. Ich wusste, dass schon bald jemand regelmäßig Geld für sein Stillschweigen verlangen würde. Es war nicht so, dass wir uns so etwas nicht leisten konnten, aber unser Geschäft war legitim und ich hasste es, dass wir mit Händen und Füßen kämpfen mussten, um die Gesetzeshüter von unserem Laden fernzuhalten.

Letzten Endes ging es dabei nur um die Jungfrauen. Das war meine großartigste Idee gewesen. Die Idee, die Club V auf den Radar der Leute katapultiert hatte. In mitten all der exklusiven Sexclubs, die überall im ganzen Land wie Pilze aus dem Boden schossen, waren wir diejenigen, die etwas anders machten. Nun ja, wir waren weder der erste Club, der Jungfrauen anbot, noch die Ersten, die eine Eliteauktionsbühne hatten, aber wir waren die Ersten, die das alles auf legale Art machten.

Die Verträge waren der Schlüssel. Es hatte Monate gedauert, bis ich gemeinsam mit einigen der besten Anwälte der Stadt alles aufgesetzt hatte. Alles musste in Schriftform festgehalten werden und perfekt sein. Die Verträge durften unter keinen Umständen Schlupflöcher haben. Der Himmel wusste, dass die Sorte Männer, die Jungfrauen kaufen wollten, auch der Art angehörten, die dazu neigte, Käuferreue zu empfinden und eine Rückerstattung ihres Geldes zu verlangen, ganz gleich, wie ihr Erlebnis war. Die Verträge stellten sicher, dass was auch immer passierte, passierte. Wir waren verantwortlich für die Transaktion auf der Auktionsbühne. Wir boten ihnen verifizierte, volljährige Jungfrauen, die auf die Bühne treten und ein Halsband tragen wollten. Die Männer stimmten einem Verhaltenskodex zu, der zwar recht locker gefasst war, aber eindeutig machte, welche Behandlung der Frauen, auf die sie boten, von ihnen erwartet wurde.

Absolutes und vollständiges Einvernehmen.

Wir bestanden sogar darauf, dass die Bieter ein ganzes Seminar zu diesem Thema mitmachten. Sie mussten sich uns beweisen. Es gab einige Männer, die unser Überprüfungsverfahren bestanden hatten und die ich dennoch infrage stellte. Aber im Großen und Ganzen hatte ich ein gutes Gefühl dabei, unsere Jungfrauen in den Auktionsraum zu lassen.

Unsere Jungfrauen wurden stets mit großer Sorgfalt ausgewählt. Sie kamen für gewöhnlich freiwillig zu uns. Es geschah nur sehr selten, dass wir eine ansprachen und wenn passierte das normalerweise nur, weil sie uns von einer Freundin empfohlen worden war, die selbst auf der Auktionsbühne gestanden hatte.

Wir zählten eine Psychologin zu unserem Personal, die mit den Frauen alles durchsprach, bevor sie angenommen wurden. Elle, unsere Personaldirektorin, kannte das Geschäft in und auswendig und wusste, was es brauchte, die Auktionsbühne zu betreten. Sie konnte irgendwie gleich von Beginn an erkennen, ob sich jemand für eine Versteigerung eignete oder nicht. Fast jede, die sie abgesegnet hatte, überstand auch die letzte Runde unserer Sicherheitsüberprüfung.

Jede hatte einen anderen Grund für ihren Entschluss, sich auf die Auktionsbühne zu stellen. Natürlich lief es üblicherweise auf Geld hinaus und man konnte den Frauen keinen Vorwurf machen, dass sie sich davon in Versuchung führen ließen, aber fast immer steckte auch noch etwas anderes dahinter. Es handelte sich um Frauen, die ihre erste sexuelle Erfahrung machen wollten und aus irgendeinem Grund ihre Jungfräulichkeit bis zu diesem Punkt in ihrem Leben noch nicht verloren hatten. Unser Personal stellte sicher, dass sie nicht nur verstanden, was sie tun würden, sondern auch, dass sie tun wollten, was bei der Auktion von ihnen verlangt wurde. Sie wurden aufgrund des Intimitätslevels, das ihnen abverlangt wurde, fürstlich entlohnt. Während manche sich nur für eine Nacht mit einem Mann meldeten, stimmten viele andere einer Woche oder sogar länger zu. Es konnte anstrengend für eine Frau sein, zum ersten Mal Sex zu haben, was der Grund dafür war, dass wir es sehr ernst nahmen, welche Männer wir in dem Auktionsraum erlaubten.

Der fragwürdige Punkt, die Sache, um die es den Gesetzeshütern ging, war die Tatsache, dass der Vertrag bindend war. Wenn er erst einmal unterschrieben worden war, gab es kein Zurück mehr. Ich konnte verstehen, dass das den Behörden Bauchschmerzen bereiten könnte, wenn sie nicht genau wussten, wie weit wir gingen, um sicherzustellen, dass alles ordnungsgemäß ablief. Und die Wahrheit war, dass niemand so richtig wusste, wie unser Geschäft geführt wurde. Wir rühmten uns mit unserer Exklusivität und der Privatsphäre, die wir unserer Kundschaft boten. Es bestand kein Grund für uns, darüber auszupacken, wie wir unser Geschäft führten.

Die Idee dazu war mir auf dem College gekommen und ich hatte ab dem ersten Moment, in dem sie mir eingefallen war, gewusst, dass es ein Millionen Dollar Geschäft werden könnte. Was ich nicht gewusst hatte, war, dass der Erfolg den Club zu einem Milliarden Dollar Geschäft machen würde und wir es mit Gouverneuren, Scheichen und Leuten aus den höchsten Gesellschaftsschichten zu tun haben würden. Jungfräulichkeit war eines der erregendsten, reizvollsten Dinge für manche Männer und sie waren gewillt, einen hohen Preis dafür zu bezahlen, je nach dem um was für eine Frau es sich handelte. An den Tag, an dem ich die Idee gehabt hatte, konnte ich mich noch erinnern als wäre es gestern gewesen. Es war während meines dritten Collegejahres gewesen und ich hatte das Mädchen gesehen. Sie war unscheinbar und hatte krause braune Haare, eine Nase, die leicht zu groß für ihr Gesicht war, eine Brille, die ebenfalls etwas zu überdimensioniert war und irgendwie trug sie selbst als Freshman auf dem College noch eine Zahnspange.

Sie war nicht die attraktivste Frau, die ich jemals gesehen hatte. Ganz und gar nicht. Aber ich war mir sicher, dass sie etwas besaß, dass viele Frauen auf dem Campus schon vor langer Zeit verschenkt hatten – ihre Jungfräulichkeit.

Ich hatte kein Auge auf sie geworfen, nicht auf diese Weise, aber ich bemerkte die Gefühle, die jedes Mal in mir aufstiegen, wenn ich an sie dachte und sah, dass sie ihr Studentenwohnheim betrat, für gewöhnlich direkt nach meinem Wirtschaftskurs. Sie war schüchtern und hatte wenig Selbstvertrauen, aber ich malte mir aus, wie sie sich wohl verhalten würde, wenn ihr bewusstwurde, dass sie Macht besaß. Sie müsste nur ein bisschen an ihrem Erscheinungsbild arbeiten und schön würden die Kerle bis um den Block Schlange stehen, um von ihr zu kosten.

Die Dinge hatten sich mit ihr nicht wie geplant entwickelt, aber ich behielt die Erinnerung an sie im Kopf. Solange wir das Geschäft legal führten, sicherstellten, dass jeder Vertrag unterschrieben wurde, und dass jeder, der involviert war, ein volljähriger, einwilligender Erwachsener war, wusste ich, dass wir eine Erfolgsformel hatten. Denn wer wollte keine Jungfrau vögeln?

Ich lehnte mich gegen die unverputzte Backsteinmauer meines Büros und starrte hinaus in das schwindende Tageslicht, das düster zwischen all dem Regen schimmerte. Wir hatten einen viel zu großen Vorsprung, als dass sie uns jemals einfangen könnten. Zu viele Leute, die tief in den behördlichen Organisationen verwurzelt waren, waren Mitglieder unseres Clubs und hatten zu viel zu verlieren. Es gab keinen Weg, auf dem irgendjemand Club V infiltrieren könnte.

2

ENNY

Das Summen der Büromaschinen umgab mich, weshalb ich fast am Einschlafen war, als Lauren, meine Redakteurin, an meinem Schreibtisch Halt machte und sanft mit der Spitze ihres Zeigefingers darauf klopfte.

„Mein Büro in zehn Minuten", sagte sie mit einem Nicken. Es war keine Frage. „Ich habe etwas für dich."

Sie verschwand mit schwingenden Hüften den Flur hinab, wobei ich sie beobachtete. Die Frau lief mit Autorität im Schritt, ließ jedoch niemanden im Büro vergessen, dass sie attraktiv und verfügbar war. Sie war nur zehn Jahre älter als ich und hatte in ihrer Zeit beim *Expose* schon so manches erreicht. Nach dem College hatte sie bei dem Magazin direkt als Texterin angefangen und sich dann bis zur Stelle der Chefredakteurin hochgearbeitet. Lauren hatte mich unter ihre Fittiche genommen, nachdem ich mich unter den Lektoren durch meine gute Arbeit hervorgetan hatte. Damit hatte sie mich vermutlich von einem Job weggeholt, der eine Sackgasse gewesen wäre, und mich auf Kurs gebracht, damit ich irgendwann ihren Posten übernehmen konnte. Dazu müsste ich jedoch auf sie hören, jede Story, die sie mir hinwarf, annehmen und praktisch jeden ihrer Karriereschritte kopieren.

Ich betrachtete den Stapel Recherchematerialien auf meinem Schreibtisch. „Herrjemine, Penny. Du hinkst dermaßen hinterher." Ich bemühte mich, Selbstgespräche nicht zu einer Gewohnheit werden zu lassen, aber alte Angewohnheiten legt man nun mal nur schwer ab und ich kam nicht umhin, die Augen zu verdrehen. Im College war ich immer in der Lage gewesen, in nur einer Stunde einen super Aufsatz runterzuschreiben. Das hatte mich auf die Hektik vorbereitet, die mit der Arbeit bei einem Magazin einherging, aber ich wurde trotzdem unter haufenweise Recherche- und Nachforschungsmaterialien begraben.

Ich schob den Stapel beiseite, drehte mich zu meinem Computer und schaute in mein E-Mail-Postfach. Ich hatte keinen blassen Schimmer, worüber Lauren mit mir sprechen wollte. Als ich einen Blick auf meinen Kalender mit den Abgabeterminen warf, sah ich, dass ich erst in einer Woche etwas abliefern musste. Das war ziemlich ungewöhnlich für mich, da ich normalerweise fast jeden Tag eine Deadline für einen Blogartikel hatte. Doch vor kurzem hatte Lauren mich gebeten, meine Aufmerksamkeit dem Printmagazin zu widmen und inzwischen arbeitete ich bereits einige Wochen dafür. Die Artikel besaßen mehr Tiefgang, es ging weniger um Klickfang und ich musste nicht mehr versuchen, eine Story vor den besten Unterhaltungskanälen ins Netz zu stellen. Die Schriftsteller in unserem Onlinebüro kümmerten sich natürlich nach wie vor darum, aber mein Fokus galt jetzt den seriöseren Artikeln, die etwas mehr Zeit in Anspruch nahmen.

„Wir möchten einen Pulitzer gewinnen? Der wird für die Printausgabe verliehen werden", hatte Lauren gesagt, als wir das Gespräch über die Verlagerung meines Fokus geführt hatten.

Ich wusste, dass sie recht hatte. Wenn wir mehr Anerkennung wollten, würde unser Fokus dem gelten müssen, was wir zur Druckerei schickten. Es spielte keine Rolle, dass alles am gleichen Tag auch online gestellt wurde. Und ich musste mir selbst eingestehen, dass ich mich darauf freute meinen Namen unter einem Artikel in einem Hochglanzmagazin zu sehen.

Ich hegte jedoch keine allzu großen Hoffnungen auf einen Pulitzer. Das *Expose* war zwar ein renommiertes Magazin, aber trotzdem ein Klatschmagazin. Wir hatten im Verlauf der Jahre mehrere große Geschichten an die Öffentlichkeit gebracht, dennoch hatte das Magazin noch immer einen gewissen Ruf. Wir waren schonungslos. Wir kamen überall rein, wo wir sein mussten, um die Story zu bekommen, nach der wir suchten.

Ich wartete neun Minuten anstatt zehn, bevor ich durch den Flur lief und an Laurens Tür klopfte.

„Herein", sagte sie. An ihrer Antwort konnte ich erkennen, dass sie noch am Telefon war. Sie legte jedoch fast genau in dem Moment auf, in dem ich die Tür öffnete. Es war ein Klapphandy, das ich sie noch nie benutzen gesehen hatte, und im Vergleich mit den Handys, die die meisten Leute heutzutage benutzten, wirkte es geradezu vorsintflutlich.

„Neues Handy?", fragte ich, während ich ihr gegenüber Platz nahm.

„Wegwerfhandy", antwortete sie mit einem schiefen Lächeln.

Das erregte meine Aufmerksamkeit. „Dann bist du also etwas auf der Spur."

Lauren beugte sich nach vorne und stützte ihr Kinn auf die Hand. „Das bin ich definitiv."

Sie schob mir einen Ordner zu und ich konnte spüren, wie sich meine Augen weiteten, bevor ich mich zurückhalten konnte. Ich hatte schon so viel um die Ohren. Worum um Himmels willen ging es hierbei? Ich schlug den Ordner auf und wurde mit dem Logo eines exklusiven Gentlemen's Club begrüßt – Club V.

„Ich möchte, dass du herausfindest,

warum ich nicht reingelassen werde", sagte Lauren lachend.

Ich blickte zu ihr hoch. „Meine Vermutung wäre, weil du kein Gentleman bist."

Sie steckte eine Strähne ihres blonden Bobs hinter ihr Ohr. „Damit hast du recht. Aber du solltest auch wissen, dass es nicht nur ein exklusiver Gentlemen's Club ist, noch ein Verkupplungsdienst oder irgendeines der anderen Dinge, hinter denen sie sich zu verstecken versuchen. Nein, darum geht es beim Club V nicht."

Ich blätterte durch die Seiten in dem Ordner und suchte nach irgendetwas Auffälligem, das mir verraten könnte, was dort wirklich vor sich ging.

„Drogenhandel? Geldwäsche? Unterschlagung?" Ich hatte keine Ahnung, da der Ordner vor mir nicht viel hergab.

„Du willst mir doch nicht ernsthaft sagen, dass du noch nicht davon gehört hast? Ich bin überrascht. Du gehörst zu exakt der Sorte Frau, die sie ansprechen würden."

Ich sah sie verwirrt an. „Was für ein Laden ist das?"

Lauren beugte sich grinsend noch näher. „Es ist der exklusivste Sexclub in den USA. Sie haben Standorte in fast jeder Großstadt. Es geht um offenen Sex, BDSM, Swinger... such es dir aus. Club V bedient alle Neigungen. Es ist ein Milliarden Dollar Geschäft und es ist unmöglich, die Kundenliste in die Finger zu bekommen. Allerdings sind Gerüchte darüber im Umlauf, wer beim Betreten und Verlassen des Gebäudes gesehen wurde. Sie stellen die Privatsphäre ihrer Mitglieder über alles andere – nun, abgesehen davon, ihre eigene Haut zu retten, wenn die Bundespolizei ihren Aktivitäten dann doch mal einen Riegel vorschieben sollte."

Ich runzelte die Stirn, während ich aufhörte, die Seiten durchzublättern, und aufschaute, um Lauren in die Augen zu sehen. „Was machen sie, das die Bundespolizei auf den Plan rufen würde? Einwilligende Erwachsene können tun und lassen, was sie möchten. Ich meine, solange es nicht um Prostitution an einem Ort geht, an dem es illegal ist."

„Bingo!", krähte Lauren. „Es gibt Gerüchte, dass diese Kerle eine Auktionsbühne haben, auf der sie – du wirst es nicht glauben – Jungfrauen an den Höchstbietenden versteigern. Ich weiß nicht, ob es stimmt, da es, wie gesagt, nur ein Gerücht ist. Aber ich möchte wissen, was dahintersteckt. Wo Rauch ist, da ist auch Feuer und ich habe so ein Gefühl, dass es im Club V ziemlich heiß hergeht."

Ich riss abermals die Augen auf. Während meiner Zeit bei dem Magazin hatte ich schon eine Menge gehört. Die Reichen und Berühmten standen immer auf merkwürdiges Zeug und oft grenzte es an Illegalität. Doch abgesehen von wirklich furchterregenden Entführungsfilmen hatte ich noch nie gehört, dass irgendjemand tatsächlich Jungfrauen versteigerte.

„Das kannst du doch nicht ernst meinen?"

Lauren nickte. „Doch, das tue ich. Und ich meinte es auch ernst, als ich sagte, dass sie mich nicht reinlassen. Ich habe mich schon ein halbes Dutzend Mal um eine Mitgliedschaft beworben. Sie wissen, wo ich arbeite, und unterziehen all ihre Mitglieder umfangreichen Hintergrundprüfungen. Ich habe es bis zu einem Büro in Manhattan geschafft, wo ich mich mit jemandem getroffen habe, der angehende Mitglieder überprüft. Aber weiter als das bin ich nicht gekommen. Es gibt eine Filiale hier in New York, ihre erste, und die Leute wissen das, aber man kommt nicht einmal nah genug an den Club heran, um den Eingang zu fotografieren. Die Umgebung um den Club ist absichtlich abgedunkelt worden und man müsste genau wissen, wo er steht, um überhaupt einen Weg nach drinnen zu finden.

Überall stehen Sicherheitsleute herum und sie sorgen dafür, dass jeder verjagt wird, der versucht Fotos zu machen. Ich vermute, dass sie auch jemanden bei der örtlichen Polizei haben, weil so gut wie niemand in den Laden reinkommt, der dort nicht sein sollte."

„Heiliger Bimbam", murmelte ich leise. „Also, wo komme ich bei all dem ins Spiel?"

„Nun ja, ich habe in Erwägung gezogen, dass du dich als Mitglied bewirbst. Aber mir ist klargeworden, dass die Genehmigung deiner Mitgliedschaft viel zu lange dauern würde, um die Story abzudrucken. Das und sie würden dein Gehalt überprüfen und ich fürchte, was wir dir hier bezahlen, reicht nicht aus, um auch nur einen Fuß in das Gebäude setzen zu dürfen, außer du hast vor, dort zu arbeiten."

Ich schüttelte den Kopf. „Das kommt nicht in Frage."

„In der Tat nicht. Also habe ich einige Gefallen eingefordert und dir einen

Presseausweis von einem Magazin besorgt, dem sie gerne Zugang erlauben werden. Du musst wissen, sie versuchen im Moment ihr Image aufzupolieren. Sie möchten, dass all die richtigen Worte über sie ihren Weg in die Öffentlichkeit finden. Gerüchte über die Auktionen haften dem Club inzwischen schon eine ganze Weile an und es sieht auch so aus, als würden die Behörden allmählich Druck auf den Laden ausüben. Sie möchten die Fassade des Gentlemen's Club jetzt noch verstärken. Dieser Ausweis wird dir problemlos die Türen öffnen und wir haben bereits ein Interview mit dem Clubgründer vereinbart."

Es überraschte mich nicht, dass es Lauren gelungen war, etwas, das nach einer umfangreichen Operation klang, in die Wege zu leiten. Dennoch fiel es mir schwer, zu glauben, dass sie mich für einen Auftrag auswählte, der garantiert sehr schwierig werden würde. Vor allem, da sie den Stapel an Themen kannte, der auf meinem Schreibtisch lag, und wusste, wie viele Artikel ich innerhalb des nächsten Monats abliefern musste.

Ich blätterte erneut durch die Seiten, wobei ich mir besonders die Kontaktliste der New Yorker Filiale näher anschaute. Aus irgendeinem Grund stach ein Name besonders heraus, aber ich konnte nicht sagen warum.

„Du bist perfekt für diesen Auftrag geeignet, Penny. Du bist jung, hübsch und genau die Art von Frau, auf die es diese Kerle abgesehen haben. Ich wäre nicht überrascht, wenn er einen Annäherungsversuch wagen würde oder dir in dem Interview mehr erzählt, als er beabsichtigt."

Ich seufzte geistesabwesend. „Also, wen werde ich interviewen?"

„Den Gründer, der auch einer der drei Eigentümer ist – Pete Wilson."

Da traf es mich wie ein Blitz. Pete Wilson. Wir waren zusammen aufs College gegangen und… ich wünschte, ich könnte sagen, dass ich seit damals nicht mehr an ihn gedacht oder mir sein Gesicht nicht eintausend Mal vor Augen gerufen hatte, aber das entsprach nicht der Wahrheit. Pete Wilson war all diese Jahre über in meinem Kopf geblieben, eine äußerst schmerzhafte Erinnerung daran, wie mein Leben einst gewesen war. Ich ertappte mich dabei, wie ich den Ordner fester umklammerte.

„Ist alles in Ordnung?", fragte Lauren: einen Ausdruck von Sorge im Gesicht.

Ich blickte auf und lächelte. „Alles prima, absolut prima." Verflucht fantastisch. Es war, als hätte mir das Universum eine einzigartige Gelegenheit in den Schoß geworfen. Endlich würde ich Pete heimzahlen können, was er mir angetan hatte. „Wann möchtest du, dass ich anfange?"

„Recherchiere heute ein wenig über ihn und schau, was du online über ihn finden kannst. Ich weiß, dass er Single und verfügbar ist, was du vielleicht zu deinem Vorteil nutzen kannst oder auch nicht. Ich sage dir nicht, was du damit anfangen sollst oder möchte damit etwas andeuten. Das ist einfach... deine Sache. Das erste Interview findet in zwei Tagen ab heute statt. Ich denke, das ist genügend Zeit, um sich vorzubereiten. Vergiss nicht, dass es eine Interviewreihe geben wird, da wir eine ‚Biographie' über das Geschäft veröffentlichen werden." Sie schob den Presseausweis für das andere bekannte Männermagazin über den Tisch zu mir. „Und keine Sorge: das andere Magazin hat bereits ein Scheinkonto mit einigen Artikeln unter deinem Namen erstellt. Falls er online irgendwelche Nachforschungen über dich anstellt, wird er sehen, dass du seit einer kurzen Zeit dort arbeitest und ein paar Stories veröffentlich hast, aber nicht viele."

Ich nickte, nahm die Infomaterialien und stand auf. „Was ist mit allem anderen, an dem ich momentan arbeite?"

„Das hier hat Vorrang vor allem anderen."

Lauren entließ mich und ich wandte

mich ab. Ich konnte kaum fassen, was ich bald tun würde. Endlich würde ich Pete Wilson all den Schmerz, den er mir im College bereitet hatte, heimzahlen.

An diesem Abend las ich zu Hause in meinem Apartment den Ordner ein dutzend Mal durch. Ausgerechnet Pete Wilson war in etwas verwickelt, das an Illegalität grenzte, und ich würde diejenige sein, die ihn deswegen auffliegen ließ. Nun, ich würde zumindest irgendein Teil dessen sein, das ihn letztendlich zu Fall bringen würde. Es würde fantastisch werden, das zu beobachten, und für einen Moment entschied ich mich, nicht daran zu denken, welche Art von Karma ich heraufbeschwor, indem ich mich dieser Schadenfreude hingab. Das geschah ihm nur recht für das, was er mir angetan hatte.

VOR ZEHN JAHREN betrachtete ich mich vor einem Spiegel stehend und konnte kaum glauben, was bald passieren würde. Ich, Penny Saxs, würde mit einem hinreißenden Typen von meiner Uni auf ein Date gehen. Und Pete Wilson war auch nicht einfach irgendein gut aussehender Typ. Er war einer der klügsten, coolsten Jungs an meiner Uni, ein bekannter Sportler und bereits ungeheuer erfolgreich. Er war praktisch alles, das sich jemand zu sein wünschen konnte, und beabsichtigte, sich direkt nach dem College ein Geschäft aufzubauen. Er würde es weit bringen und wusste es. Genauso wie alle anderen.

Wir hatten einen Chemiekurs zusammen gehabt, aber er hatte mich damals nie bemerkt. Da ich nur ein Freshman war und er bereits ein Junior, war es nur natürlich, dass ich von jemandem wie Pete ignoriert wurde. In der Highschool hatte ich eine Menge AP-Kurse besucht, die besonders begabte Schüler fördern und manchmal sogar für das College angerechnet werden. Dadurch war es mir gelungen auf dem College mehrere Kurse in einem höheren Niveau zu belegen. Das war nicht unbedingt etwas, von dem ich dachte, dass es Petes Aufmerksamkeit erregen würde, aber irgendetwas an mir hatte es getan, denn gegen Ende meines Freshman-Jahres hatte er mich um ein Date gebeten. Und nun stand ich vor einem Standspiegel in meinem Wohnheimzimmer und versuchte, mich für ein Date präsentabel herzurichten.

Ich war das ganze Jahr über auf keinem Date gewesen. Tatsächlich war mein letztes Date mein Abschlussball und noch dazu ein absoluter Reinfall gewesen. Doch als Pete mich um ein Date gebeten hatte, war das wie im Film gewesen, und ich hatte mein Glück nicht fassen können.

Alles an dem Date war von Anfang an perfekt. Er lud mich zum Dinner in ein nettes Restaurant ein und stellte mir alle möglichen Fragen über mich. Wir machten einen Spaziergang in einem der Parks in der Nähe der Universität und er begleitete mich zurück zu meinem Wohnheim, das wir gerade rechtzeitig erreichten, um vor dem Regen im Gebäude Schutz zu suchen. Pete hatte mir angeboten, mich bis zu meiner Tür zu bringen, und das Angebot würde ich unter keinen Umständen ausschlagen. Also stiegen wir in den Aufzug und fuhren hinauf in den siebten Stock.

Wir waren nur ein oder zwei Stockwerke hochgefahren, als der Aufzug stoppte und alles schwarz wurde. Die Lichter gingen nach ein oder zwei Sekunden wieder an, aber wir waren noch immer da und steckten im Aufzug fest. Pete drückte ein paarmal auf den Notfallknopf, doch wir hatten kein Glück. Wir steckten irgendwo zwischen dem zweiten und dritten Stock fest.

Pete sagte irgendetwas darüber, dass das vielleicht Schicksal sei. Er fing an, mir zu erzählen, wie er für mich empfand, dass er mich schon so lange bewunderte und sich glücklich schätzte, dass ich zugestimmt hatte, mit ihm auf ein Date zu gehen.

Dann rückte er näher zu mir, um mich zu küssen, und daraus entwickelte sich schnell mehr. Ich war so verloren in der Leidenschaft des Moments und konnte kaum glauben, dass mir das wirklich passierte. Ich machte mit Pete Wilson in einem Aufzug rum, in dem wir festsaßen, und es sah nicht so aus, als würde uns jemand zu Hilfe eilen. Soweit ich wusste, würde ich gleich direkt dort auf dem Boden meine Jungfräulichkeit verlieren.

„Sag mir, dass du mich willst", flüsterte er mir ins Ohr, während seine Hand meine Brust knetete.

„Ich will dich…" Die Worte kamen fast atemlos heraus.

„Sag mir, was ich tun soll", verlangte er, wobei seine Stimme nie lauter wurde als ein Flüstern.

Und ich erzählte ihm, in anschaulichen Details, ganz genau, was er mit mir tun sollte. Ich hätte die Worte vielleicht vergessen, hätte es die anschließenden Ereignisse nicht gegeben, weil wir so in den Geschehnissen gefangen waren – oder besser gesagt, ich war gefangen in den Geschehnissen.

Als ich gesagt hatte, was ich sagen wollte, und Petes Hand zwischen meinen Beinen spürte sowie sein hartes Glied durch seine Jeans, das sich an meine Hüfte drängte, flüsterte er wieder.

„In deinen Träumen."

Der Aufzug erwachte brummend zum Leben und plötzlich schossen wir hinauf in den siebten Stock. Pete wich mit einer Miene, die ich nicht wirklich deuten konnte, zurück, aber ich war mir sicher, dass er stolz auf sich gewesen sein musste. Ich war zu schockiert und gebrochen, um viel mehr als das Ping der Aufzugtüren zu registrieren, als sie sich öffneten. Ich rannte in mein Wohnheimzimmer und schaute nie wieder zurück.

Selbst jetzt, zehn Jahre später, fiel es mir schwer über die Geschehnisse nachzudenken, die sich am Ende meines Freshman-Jahres auf dem College ereignet hatten. Ich bemühte mich, das alles aus meinen Gedanken zu verdrängen, und nicht länger über das Schlimmste zu grübeln, was passiert war... denn nach dem Date war es noch so viel schlimmer geworden. Das war noch nicht einmal das Ereignis gewesen, das mich dazu gebracht hatte, mein Leben zu verändern – nein, die Veränderungen, die ich vorgenommen hatte, hatten sich mehr um mich selbst und was ich sein wollte gedreht. Gesundheit war mir wichtig und ich hatte im Verlauf der Jahre schwer im Fitnessstudio geschuftet, um den Körper zu erschaffen, von dem ich wusste, dass er in mir steckte. Mein einziger Moment der Eitelkeit hatte in einer Nasen-OP bestanden, um den Hubbel darauf zu entfernen, den ich mir zugezogen hatte, als ich als Kind auf dem Fußballplatz auf die Nase gefallen war. Die Zahnspange war ich auch losgeworden, irgendwann, und mit einem geraden, perfekten Lächeln dafür belohnt worden. Ich hatte meine Haare besser unter Kontrolle und war stets perfekt geschminkt. Jetzt betrachtete ich mein Spiegelbild im Badezimmerspiegel, während ich mich fürs Bett fertig machte. Mein Körper war rattenscharf und ich könnte jeden Mann haben, den ich wollte. Ich würde in diesen Club marschieren und Pete Wilson würde mich niemals erkennen. Das hier war nicht mehr die Penny Saxs, an die er sich vielleicht noch erinnerte.

KAPITEL DREI

PETE

. . .

„Ihr ein Uhr Termin wird in Kürze hier sein", informierte mich die Rezeptionistin über die Sprechanlage in meinem Büro. Ich ließ den Blick über meinen Schreibtisch schweifen, um zu überprüfen, dass... was wusste ich nicht so genau, aber ich wollte, dass alles perfekt war. Ich glaubte an den Club und das Produkt, das wir verkauften, doch ein Teil davon war auch meiner Persönlichkeit geschuldet. Es handelte sich um ein renommiertes, bekanntes Männermagazin, das heute hierherkam. Ich wusste nicht, ob sie auch Fotos von meinem Büro machen würden. Für den Fall, dass sie das vorhatten, wollte ich, dass es bereit war. Wir waren bereits bekannt und etabliert, aber die Unterstützung einer Zeitschrift wie dieser könnte dazu beitragen, uns in den Augen der Öffentlichkeit zu legitimieren.

Es klopfte an der Tür und kurz darauf erschien eine Sekretärin, die eine junge Frau in mein Büro führte.

Sie schritt selbstbewusst zu mir, fast

schon so forsch, dass sie mich allein mit ihrem Auftreten aus dem Gleichgewicht brachte. Anschließend reichte sie mir eine manikürte Hand, damit ich sie zur Begrüßung schütteln konnte.

„Mr. Wilson, ich bin Penny Saxs. Es freut mich, Sie kennenzulernen."

Ich nickte und lächelte. „Es ist mir ebenfalls eine Freude, Sie kennenzulernen." Und gottverdammt, was für eine Freude es doch war. „Nehmen Sie doch Platz und machen es sich gemütlich. Kann ich Ihnen irgendetwas anbieten?"

Sie schüttelte den Kopf und ein Teil ihrer langen schwarzen Haare fiel ihr vors Gesicht, ehe sie sie zurückstrich und kristallblaue Augen enthüllte. Was für ein verdammtes Vergnügen es doch werden würde. Ich hatte mit einem bierbauchigen, glatzköpfigen Mann gerechnet, nicht einem genialen Knackarsch. Diese Frau sah besser aus als die Hälfte der Mädels, die bei uns im Club im Hauptbereich arbeiteten. Sie war im Prinzip genau das Kaliber Frau, das ich gerne anbaggerte. In diesem Moment wusste ich, dass ich sie vögeln würde. Vielleicht nicht heute, aber irgendwann würde ich diese Frau dazu bringen, meinen Namen so laut zu schreien, dass es jeder im Büro hören konnte.

Ich setzte mich hinter meinen Schreibtisch, da ich mir plötzlich der anschwellenden Beule in meiner Hose bewusst war und sie nicht zu schnell verschrecken wollte. Ihre Lippen würden ohnehin schon bald darum geschlossen sein.

„Es ist eine Weile her, seit ich ein Interview gegeben habe. Normalerweise überlassen wir das Neil. Er ist der Charmeur." Ich zwinkerte und glaubte, zu sehen, dass sie mit den Augen rollte, aber sie lächelte höflich.

„Nun, wir möchten die Story direkt von der Quelle hören. Sie sind immerhin der Gründer. Warum fangen wir nicht damit an", schlug Penny vor, während sie ein Notizbuch aus ihrer Tasche zog und ein digitales Aufnahmegerät auf dem Tisch platzierte. „Sie haben doch nichts dagegen, wenn ich unser Gespräch aufzeichne, oder? Es ist nur dazu da, damit ich etwas habe, auf das ich mich beziehen kann."

Ich winkte lässig mit der Hand ab. „Sie dürfen unser Gespräch sehr gerne aufzeichnen."

Penny lächelte ein atemberaubendes, strahlendes Lächeln, das in mir den Wunsch weckte, sie zu packen und zu küssen. Sie war auf ihre Art kokett und ich konnte erkennen, dass sie zu der Sorte gehörte, die gerne so tat, als wäre sie schwer zu haben. Wir würden noch sehen, wie lange sie in meiner Gegenwart durchhielt.

„Dann fangen wir ganz am Anfang an. Erzählen Sie mir, wie Sie auf die Idee gekommen sind, den Club zu gründen und wo für Sie alles seinen Lauf nahm."

Ich lehnte mich auf meinem Stuhl zurück und holte tief Luft. „Das war noch auf dem College. Ich war fest entschlossen, ein erfolgreiches Geschäft aufzubauen, sobald ich meinen MBA in der Tasche hatte. Es gab nichts, das ich lieber tun wollte, als sofort mit dem Geldverdienen anzufangen. Ich habe mir selbst die Aufgabe gestellt, mir einen lukrativen Businessplan zu überlegen, während ich an meinem Abschluss arbeitete. Es gab eine Menge Projekte auf der Uni, die mir geholfen haben, mich auf die Gebiete zu spezialisieren, von denen ich dachte, dass sie mir liegen würden. Irgendwann blieb eine dieser Ideen hängen."

Penny kritzelte einige Notizen in ihr Heft, bevor sie wieder zu mir aufsah. Ihre kristallblauen Augen schimmerten unter langen, kohlrabenschwarzen Wimpern. Aus diesem Winkel wirkte sie demütig und ich konnte mir gut vorstellen, wie es sein würde, wenn sie vor mir kniete und mir in die Augen sah, während sie mir den Schwanz blies.

„Und die Idee, wie sind Sie darauf gekommen?"

Ich schüttelte den Kopf und kehrte in

die Realität zurück. Ich konnte ihr nicht von dem jungfräulichen Mädchen auf dem College erzählen. Jungfrauen waren das eine Thema, das in diesem Interview mit keinem Wort erwähnt werden sollte, und ich wusste, dass ich mein Bestes geben musste, diesen Fragen um jeden Preis auszuweichen.

„Ich bin ein Mann und ich weiß, was Männer mögen. Seit Anbeginn der Zeit gibt es schon exklusive Gentlemen's Clubs, aber meiner Meinung nach waren sie zu dem Zeitpunkt, als ich Club V gründete, alle veraltet und nicht auf den modernen Mann zugeschnitten. Ich wollte einen Schritt weitergehen. Ich wollte die exklusivste Erfahrung bieten und zu etwas machen, das unsere Mitglieder überall, wo sie waren, genießen konnten. Die meisten sind Geschäftsmänner oder Experten in ihrem Fachgebiet und das scheint viele Reisen mit sich zu bringen. Der Hauptanziehungspunkt des Club V ist, dass unsere Mitglieder in jeder Großstadt in den

USA eine unserer Filialen finden können."

Penny nickte, während sie sich eine weitere Notiz machte. „Also sind Sie eine Art McDonald's unter den Gentlemen's Clubs? Wo auch immer man hingeht, man findet dort auch einen Club V", erwiderte sie mit einem Grinsen und ich fragte mich, worauf genau sie anspielte.

„Ich hatte gehofft, dass wir ein bisschen exklusiver wären als Megges. Ich gehe mal davon aus, dass wir eine anspruchsvolle Klientel bedienen. Sie wissen, was sie wollen und wir geben es ihnen."

„Was genau geben Sie ihnen?", hakte sie nach, wobei sie sich leicht nach vorne beugte. Dadurch offenbarte die weiße Bluse, die sie anhatte, mehr von ihrem Dekolleté, als ich es von einer Journalistin erwartet hätte. Nach dem zu urteilen, was ich sehen konnte, sahen ihre Titten hammermäßig aus. Mit Sicherheit 38C, vielleicht sogar größer? Ich würde es schon bald herausfinden.

„Wir bieten unseren Mitgliedern Gesellschaft. Einen Ort, an dem sie sich angenommen fühlen können. Einen Platz, an den sie gehen und all ihre Sorgen im Büro oder zu Hause vergessen können. Hier sind sie, wer auch immer sie sein möchten. Wir geben ihnen das ultimative Geschenk der Privatsphäre. Es werden keine Fragen gestellt. Wenn sie erst einmal unser Überprüfungsverfahren bestanden haben, sind sie hier für immer. Sie haben Zugriff auf alles. Von unseren Bars bis hin zum Pool, dem Restaurant auf der Dachterrasse und natürlich unseren Privatzimmern. Unsere Mitglieder haben hier im Club jegliche Freiheit, die sie sich wünschen können."

Penny klappte ihr Notizheft zu. „Darf ich offen sprechen?"

„Selbstverständlich, auf alle Fälle."

„Mit Gesellschaft... meinen Sie Sex, richtig?"

Ich zuckte mit den Achseln. „Unsere Mitglieder genießen hier Privatsphäre. Was auch immer sie mit anderen einwilligenden Erwachsenen zu tun entscheiden, ist ihre Sache."

„Dafür sind also die Privatzimmer da?"

Ich schenkte ihr ein verschmitztes Grinsen. „Manche Mitglieder wählen die Privatzimmer. Andere mögen die semiprivaten Nischen im Hauptbereich. Es gibt einige, die sich dafür entscheiden, unseren Poolbereich zu nutzen, und wieder andere halten es nicht für nötig, sich irgendeinen privaten Ort zu suchen. Club V steht den Wünschen unserer Mitglieder aufgeschlossen gegenüber und sorgt gerne für deren Erfüllung."

„Ich schätze, das ist fair. Sie bezahlen eine Prämie, richtig?"

„Die Gebühr unserer Mitgliedschaft ist nicht billig", antwortete ich und lehnte mich nach vorne. Ich erhob mich und lief um meinen Tisch auf die andere Seite, an die ich mich lehnte und dann die Arme vor der Brust verschränkte. „Wissen Sie, wenn Sie möchten, zeige ich Ihnen sehr gerne den Hauptbereich.

Es ist der falsche Zeitpunkt, um hier Menschenmassen anzutreffen, aber Sie können sich trotzdem einen Eindruck davon verschaffen, was unseren Mitgliedern zur Verfügung steht."

Die junge Journalistin lächelte und schüttelte den Kopf. „Nicht heute. Ich glaube, es ist eine ganze Reihe an Interviews geplant. Vielleicht könnte ich nochmal zu einem besseren Zeitpunkt herkommen, um mir den Club anzuschauen."

„Absolut", ich nickte, während meine Augen über ihren umwerfenden Körper glitten. Von hier hatte ich eine bessere Aussicht, da ich ihr viel näher war, und sie konnte nicht verbergen, dass sie unter diesen Kleidern schärfer als eine Chili war. „Ich würde Ihnen liebend gern den Club in Aktion zeigen. Haben Sie jemals zuvor jemandem zugeschaut?"

Diese Frage erwischte sie eiskalt. „Es tut mir leid... was? Zugeschaut?"

„Haben Sie jemals einem Paar beim

Vögeln zugeschaut?" Ich wusste, dass ich bei diesem Interview nicht allzu direkt sein durfte, aber, Scheiße, diese Frau hielt sich noch nicht einmal zehn Minuten in meiner Gegenwart auf und ich wollte sie.

Sie blickte mich unbeeindruckt an. „Aus der Nähe und persönlich? Nein, ich kann nicht behaupten, dass ich das getan habe."

Ich grinste. „Dann machen Sie sich auf etwas gefasst. Es ist nicht wie in Pornos. Ich kann nicht einmal sagen, dass ich mich daran aufgeile. Das wäre schlecht fürs Geschäft. Aber irgendetwas daran, andere Leute beim Vögeln zu beobachten, bringt mich wirklich in Stimmung." Ich musterte sie abermals von Kopf bis Fuß in dem Bemühen, irgendeinen Hinweis zu entdecken, dass sie erregt oder auch nur das kleinste bisschen an dieser Vorstellung interessiert war. Ihre Atmung schien normal zu sein. Ihr Hals war nicht gerötet. Ich musste mich eindeutig mehr anstrengen.

„Warum widmen wir uns nicht wieder dem Interview?"

Darüber lachte ich. „Sicher, wenn es das ist, was Sie möchten, Penny. Ich führe das Interview sehr gerne weiter. Fragen Sie mich, was Sie wollen. Wirklich, was Sie wollen."

„Okay", begann sie und schlug ihr Notizheft wieder auf. „War es schwierig, die Privatsphäre ihrer Mitglieder zu schützen, als der Club landesweit Filialen eröffnet hat? Wie überzeugen Sie die Mitglieder davon, dass sie hier sicher sind, wenn sie eine Mitgliedschaft bei Ihnen eingehen?"

„Super Frage. Das ist etwas, das wir sehr ernst nehmen. Wenn unsere Mitglieder nicht darauf vertrauen können, dass wir ein gewisses Level an Diskretion bewahren, dann ist unser Geschäft im Eimer. Sicherheit ist von größter Wichtigkeit, doch genauso wichtig ist es, darauf zu achten, wen wir reinlassen. Es ist zum Beispiel sehr unwahrscheinlich, dass wir jemandem aus ihrem Arbeitsfeld erlauben würden, Mitglied zu werden, ganz egal, wie viel derjenige bezahlen könnte."

Penny lächelte. „Keine Sorge, ich verdiene nicht einmal annähernd genug, um mich für eine Mitgliedschaft zu bewerben."

„Nun", setzte ich an und kratzte mich am Kinn, „falls Sie jemals Ihre Meinung ändern, wäre ich vielleicht in der Lage ein paar Strippen für Sie zu ziehen."

„Ich werde es mir merken", entgegnete sie.

„Bitte tun Sie das. Und ich versichere Ihnen, dass ich bis zum Ende unserer Interviewreihe Ihre Meinung geändert haben werde."

Das erregte ihre Aufmerksamkeit und ich glaubte, zu spüren, dass meine Worte sie verärgerten. Diese Frau war stark und sehr clever, vermutlich ein bisschen zu clever für mich, aber ich hatte das Gefühl, sie wäre es wert. Das einzige Problem bestand darin, dass ich sehen konnte, dass sie sich bereits eine

Meinung gebildet oder dazu entschieden hatte, eine Mauer hochzuziehen. Sie wollte nicht erreicht werden und würde alles tun, das nötig war, um mich auf Abstand zu halten. Nicht, weil sie mich nicht attraktiv fand, sondern weil sie, soweit ich das beurteilen konnte, noch ehe sie durch die Tür gelaufen war, entschieden hatte, dass sie sich nicht zu mir hingezogen fühlen würde.

„Ist das so? Nun, Mr. Wilson –"

„Nein, nein. Nichts mehr von diesem Mr. Wilson Quatsch. Ich bestehe darauf, dass du mich Pete nennst und wir uns ab jetzt duzen. Wir werden sehr gute Freunde werden, Penny. Gewöhn dich daran."

Etwas blitzte in ihren Augen auf. Ich konnte nicht sagen, was es war – Zorn, Lust... vielleicht eine Kombination aus beidem. Sie verzog die Augen zu Schlitzen und schürzte leicht die Lippen.

„Du weißt nicht, wer ich bin", sagte

sie, wobei eine Herausforderung in ihrer Stimme mitschwang.

„Nein." Ich schüttelte den Kopf. „Vor heute bin ich dir noch nie begegnet. Ich beabsichtige allerdings, dich sehr gut... kennenzulernen, wenn du dem nicht abgeneigt bist. Und ich glaube, dass du das nicht sein wirst."

3

ENNY

ALS ICH SEIN Büro betreten und Pete Wilson zum ersten Mal seit einem Jahrzehnt wiedergesehen hatte, hatte ich nicht damit gerechnet, dass er so gut aussehen würde, wie es der Fall war. Ich hatte nicht erwartet, dass mich seine blauen Augen auf die Art durchbohren würden, wie sie es taten. Er sah genauso gut aus wie damals auf dem College, aber, so wie man es oft über Männer sagte, war er mit dem Alter sogar noch umwerfender geworden. Man konnte ohne weiteres erkennen, dass er nach wie vor auf sich achtete. Auf dem College war er ein herausragender Sportler gewesen – nicht nur der Quarterback des Footballteams unserer Uni, sondern auch ein Starbaseballspieler und Leichtathletikstar. Er hatte alles gemacht, das er in einem Collegejahr hatte unterbringen können, und ich konnte sehen, dass er sich selbst zehn Jahre später noch die Zeit nahm, um sich seiner Fitness zu widmen. Und es zahlte sich aus. Selbst durch das maßgeschneiderte Hemd, das er trug, konnte ich erkennen, dass seine Muskeln wohl definiert waren. Es schadete auch nicht, dass das Hemd perfekt geschnitten war, um das ‚V' seines Körpers zu betonen. Gott, er war umwerfend und es kostete mich sämtliche Willenskraft, mich am Riemen zu reißen und wegen diesem Kerl nicht ins Schwärmen zu geraten.

Ich kritzelte etwas in das Notizheft,

während er eine meiner Fragen beantwortete, und bemühte mich angestrengt, mir in Erinnerung zu rufen, warum ich hier war. Ich konnte mich unter keinen Umständen zu diesem Mann hingezogen fühlen, nicht nach dem, was er mir angetan hatte. Das war das demütigendste Erlebnis meines Lebens gewesen. Ich wusste zwar, dass auch noch andere Leute hinter dem Streich gesteckt hatten, aber er war der Strippenzieher gewesen. Er war derjenige gewesen, der die Sache in die Hand genommen und mich zum Opfer seines grausamen Scherzes gemacht hatte.

Ich sah zu Pete Wilson hoch, der noch immer über irgendwelche Details des Clubs redete. Es war schon fast zu schwierig, sich auf das zu konzentrieren, was er sagte, und aus diesem Grund war ich froh, dass ich beschlossen hatte, ein Aufnahmegerät zu benutzen. Ich könnte mich später darauf beziehen, wenn ich mich, wenn ich zu Hause war, wieder an meinen Küchentisch setzen und meine Notizen durchgehen musste.

Wie konnte dieser Mann hier sitzen und ununterbrochen über seine Erfolge und das Geschäft, das er auf dem College gegründet hatte, reden, wenn er mich zur gleichen Zeit auf so schreckliche Weise benutzt hatte? Dachte er denn niemals daran? Mein Gesicht oder Name musste ihm doch bestimmt gelegentlich in den Sinn gekommen sein? Mein Gesicht... nun, mein Gesicht hatte sich leicht verändert. Der Verlust von fünfzig Pfund und Sporttreiben, damit sie nicht zurückkehrten und mein Körper fit sowie straff blieb, hatten mein Aussehen völlig verändert. Meine hohen Wangenknochen waren jetzt sichtbar, wohingegen sie während meiner Zeit auf dem College nicht mehr als ein Traum gewesen waren. Der ganze Babyspeck hatte verborgen, wer ich darunter war. Die Nasen-OP hatte mein Erscheinungsbild auch ein wenig verändert und jetzt da meine Haare glatter und unter etwas mehr Kontrolle waren, wäre es schwierig, mich als das Mädchen mit den krausen Haaren, Brille und den gelegentlichen Akneausbrüchen zu identifizieren, das ich das letzte Mal gewesen war, als er mich gesehen hatte.

Aber er musste doch meinen Namen erkennen – Penny Saxs. Wer zum Teufel kannte schon irgendjemanden mit dem Namen Saxs? Doch nein, er hatte überhaupt nicht auf meinen Namen reagiert. Ich hatte gedacht, dass mich dieser verraten würde. Wenn er mich an meinem Namen erkannt hätte, dann hätte ich vielleicht die Oberhand in dieser Situation gehabt und ich war auf diese Eventualität vorbereitet gewesen. Falls er irgendeine Art von Schuld verspürte, dann hätte ich das vielleicht zu meinem Vorteil nutzen können. Ich hätte so tun können, als würde ich ihm das Unverzeihliche verzeihen, mir die Informationen, die ich von ihm wollte, beschaffen können und dann sein Gesicht und Geschichte auf den Seiten des *Expose* großflächig ausbreiten können.

So war es jedoch nicht abgelaufen und jetzt saß ich hier und beobachtete ihn. Ich konnte meine Wut kaum noch zügeln und es fiel mir immer schwerer, die Galle und Ekel zurückzuhalten, die mir die Kehle hochkrochen. Er war ein elender Scheißkerl und ich wollte aus seinem Büro verschwinden, sobald ich es einrichten konnte, ohne dass es den Anschein machte, als hätte ich das Interview abgekürzt. Allein in seiner Gegenwart zu sein machte mich fuchsteufelswild und ich war froh, dass er am Ende des Ganzen bekommen würde, was er verdiente. Er würde meinen Namen nicht vergessen, nie wieder.

Doch was zum Teufel war dieses Gefühl? Während er redete und ich Interesse heuchelte und so tat, als würde ich zuhören und Notizen machen – alles nur als Ablenkung von dem, was in meinem Körper vor sich ging – konnte ich nicht leugnen, dass er irgendetwas mit mir machte. So sehr ich ihn auch ganz tief im Kern meiner Seele hasste, war da dennoch eine Art animalische Anziehungskraft, die mich zu ihm hinzog. Ich wusste, das war irgendein verkorkster Mist, etwas, von dem ich meiner Therapeutin vermutlich bei unserer nächsten Sitzung erzählen sollte. Aber gottverdammt, ich wusste genau, was da in mir anschwoll.

Wie lange war es her, seit ich anständig gevögelt worden war? Wenn ich ehrlich war... niemals. Ich meine, klar, es hatte Männer in meinem Leben gegeben. Männer, die versucht hatten, zu tun, was sie konnten, um mich zu befriedigen, aber das hatte bei mir nie irgendetwas bewirkt. Auch wenn Pete Wilson ein fürchterlicher Schwätzer war – ich wusste, dass er mehr war als das und ich wusste, wenn ich ihm Gelegenheit dazu gab, könnte es der beste Sex meines Lebens werden. Und wen scherte es schon, was meine wahren Gründe dafür waren?

Ich hatte noch nie einen Hatefuck gehabt. Alle redeten darüber und sagten, dass es mitunter der beste Sex war, den sie je gehabt hatten. Vielleicht könnte ich das mit diesem Mann ausprobieren, alles rauslassen und dem Ganzen gleichzeitig noch ein wenig Lust abgewinnen.

Und jetzt, nur weil ich darüber nachdachte... war ich feucht. Verflixt und zugenäht, diese Interviews würden viel zu schwer werden, wenn er mich jetzt schon so sehr antörnte. Ich bemühte mich, mir einzureden, dass es nur daran lag, dass es bei mir schon so lange her war und ich vermutlich etwas Aufmerksamkeit diesbezüglich brauchte. Ich rutschte leicht auf meinem Stuhl hin und her, wobei ich mich bemühte, ihn nicht sehen zu lassen, welche Wirkung er auf mich hatte. Doch so wie ich Männer wie ihn kannte, konnte er es vermutlich aus einer Meile Entfernung riechen. Yeah, Alter, meine Pussy ist feucht. Was wirst du deswegen unternehmen? Ich hasse es, dass ich diese biologische Reaktion auf jemanden hatte, der mir bewiesen hatte, dass er vor allen Dingen ein reueloses Arschloch war.

Ich versuchte, nicht die Augen zu verdrehen, als er andeutete, dass wir gute Freunde werden würden. Und dann, dass wir einander sehr gut kennenlernen würden. Wen wollte er hier auf den Arm nehmen? Ich ließ mir mit meiner Antwort einen Augenblick Zeit, in dem ich mich fragte, was für ein Spiel er spielte und ob ich mitspielen sollte.

„Das würde dir gefallen, oder? Wenn ich nicht abgeneigt wäre, dich sehr gut kennenzulernen. Ich wette, dieser Spruch funktioniert bei allen Frauen, die in dein Büro kommen."

Er räusperte sich und schenkte mir ein anzügliches Grinsen. Ich wollte es ihm direkt vom Gesicht vögeln.

„Um ganz ehrlich zu dir zu sein, Penny, die meisten Frauen, die durch diese Tür laufen, sind bereits nackt oder auf dem Weg dorthin und bereit, sich über diesen Schreibtisch zu beugen, damit ich sie nehmen kann."

Es klopfte an der Tür und kurz nachdem Pete der Person zugerufen hatte, sie solle eintreten, spürte ich die Präsenz von jemandem hinter mir, der sich näherte. Sobald die Frau in mein Sichtfeld trat, gab ich mein Bestes, um meinen Schock nicht zu zeigen oder irgendeine andere Reaktion, aber ich konnte kaum fassen, was ich da sah, obwohl ich wusste, worum es sich beim Club V handelte.

„Mr. Wilson, gibt es etwas, das ich Ihnen bringen kann? Vielleicht etwas zu trinken?" Sie stand neben Pete, wobei ihre Hand auf seiner Schulter ruhte und sie sich dicht an seinen Körper lehnte. Die Frau hatte eine lebendige und ansteckend fröhliche Stimme. Und sie war bis auf ein Diamanthalsband um ihren Hals splitternackt.

„Nein, vielen Dank, Asia. Mir geht's prima. Aber vielleicht hätte Penny gerne etwas?" Er schaute zu mir und Asia drehte sich um, wobei ihre großen, prallen Brüste schwangen. Es war unmöglich, sie nicht anzuschauen. Sie waren faszinierend. Und nachdem ich die zwei umwerfenden Kugeln betrachtet hatte, wanderten meine Augen weiter abwärts zu dem gewaxten, haarlosen V zwischen ihren Beinen.

„Ähm, nein, nein Danke. Alles gut."

Asia lächelte. „In Ordnung." Sie blickte nochmal zu Pete und sprach in einem sanfteren, verführerischen Tonfall: „Möchtest du mich später sehen?"

Er grinste sie an und umfasste ihren Po, den er drückte. „Komm in einer Weile nochmal."

Sie kicherte, drückte ihm ein Küsschen auf die Wange und verließ das Büro.

„Was habe ich dir gesagt?", fragte er, sobald sich die Tür hinter ihr geschlossen hatte. „Das war Asia. Sie ist ein Prachtweib."

Ich zog eine Augenbraue hoch. Er wollte also direkt ans Eingemachte gehen und das Gespräch in tiefere Gefilde lenken, obwohl ich noch nicht einmal eine halbe Stunde in seinem Büro war.

„Wie viel musst du ihnen für diese Dienste bezahlen?", fragte ich und tippte mit meinem Stift auf mein Notizbuch.

Er gluckste und bedachte mich dann mit einem schiefen Lächeln. „Ich denke, du weißt, dass ich keine Frau für irgendetwas bezahlen muss... jemals. Jede Frau, die durch meine Bürotür tritt, bereit und willig, damit ich sie nehme, ist hier, weil sie es so möchte. Weil sie gehört hat, wie ich bin und welche Empfindungen ich einer Frau verschaffen kann. Sie ist hier, weil sie sich dazu entschieden hat. Wie du... du hast bestimmt schon mal von meinem Ruf gehört. Du bist eine gute kleine Journalistin und ich wette, du hast gründlich recherchiert, bevor du heute hier hereingekommen bist. Also musst du etwas darüber wissen, wer ich bin, wofür ich stehe... und welche Möglichkeiten einem offenstehen, wenn man durch diese Tür tritt." Er deutete hinter mich und legte die Hand anschließend auf seinen Schreibtisch. Er ballte seine Finger kurz zu einer Faust, bevor er sie wieder lockerte.

Ich neigte meinen Kopf leicht zur Seite. „Ich weiß mehr über dich, als dir bewusst ist."

Das schien ihn leicht aus dem Konzept zu bringen und mir gefiel die Aussicht, endlich die Oberhand zu haben. Das währte jedoch nicht lange, da er mit dem Kopf nickte und mir ein strahlendes Lächeln schenkte, das sich sogar auf seine Augen erstreckte.

„Du kennst vermutlich eine meiner Exen oder so was, stimmt's? Tja, wenn das der Fall ist, möchte ich dich lediglich darum bitten, mir eine Chance zu geben, zu beweisen, dass… nun, abhängig davon, was sie dir über mich erzählt hat, dass sie absolut recht damit hatte – oder dass der Sex sogar noch besser war, als sie ihn beschrieben hat."

Ich schnalzte mit der Zunge und

beschloss, das Gespräch für den Moment wieder an mich zu reißen. „Du bist ein schrecklich selbstbewusster Mann. Lass uns darüber reden. Woher kommt das, wie beeinflusst es dein Leben? Wie kommt es, dass du noch immer Single bist und das schon seit einer ganzen Weile, wenn du doch solches Vertrauen in deine Fähigkeiten im Bett hast?"

Pete schwieg einen Augenblick und nahm sich offenkundig die Zeit, so gründlich über die Frage nachzudenken, wie sie es verdiente. Was war es, das diesen Mann antrieb und ein solches Selbstbewusstsein erzeugt hatte? Worauf griff er zurück, um Club V noch größer und zu dem Milliarden Dollar Geschäft zu machen, das er heute war?

„Wenn ich einen Augenblick ernst sein darf, und bitte entschuldige die Sentimentalität, habe ich immer daran geglaubt, dass ich ein bisschen besser war, als es von außen den Anschein macht." Er sprach die Worte klar und deutlich aus. Es war offensichtlich, dass er aufrichtig meinte, was er sagte.

„Besser als es den Anschein macht?" Jetzt war es an der Zeit, auf sein Ego abzuzielen. „Aber Pete – du siehst wahnsinnig gut aus, bist ein sehr begehrter Junggeselle und so viele Frauen wollen dich. Das hast du selbst gesagt. Wie kannst du da besser sein, als es den Anschein macht?"

„Vielleicht habe ich mich nicht richtig ausgedrückt." Er saß jetzt wieder in seinem Stuhl hinter seinem Schreibtisch und ich war dankbar, dass wir wieder mehr Distanz zwischen uns hatten.

„Du musst wissen, dass es nicht viele Menschen gibt, die alles von mir zu sehen bekommen. Und ich rede nicht davon, nackt zu sein. Eine Menge Leute haben mich nackt gesehen." Er zwinkerte verschwörerisch. „Aber trotz allem, was die Leute über mich sagen mögen oder denken, in mir zu sehen, gibt es in mir drinnen noch mehr."

Mit der Sentimentalität hatte er recht. Ich wartete nur darauf, dass er mir erzählte, dass seine Mutter ihm gesagt hatte, wie besonders er sei und dass er alles Glück der Welt verdiente und dass das seine ganze Weltanschauung geprägt hatte. Doch das tat er nicht, er stoppte dort und dafür war ich dankbar. Pete Wilson konnte darüber, wie tiefgründig und facettenreich er war, sagen, was er wollte. Ich kannte die Wahrheit und die Wahrheit war, dass er grausam und unbekümmert war. Es versetzte ihm einen Kick, zu sehen, wie andere Leute gedemütigt wurden und litten. Keine Tiefgründigkeit der Welt konnte ein solches Verhalten gegenüber einem anderen Menschen wettmachen, ganz gleich, was er sich selbst Glauben gemacht hatte bezüglich dessen, wer er war und welchen Wert er als Mensch hatte. Gottes Geschenk an die Frauen, klar, wie alle Alphas seiner Art über sich dachten. Wie um Himmels willen konnte der Rest der Welt nur zurechtkommen, ohne dass sie da waren und ihre toxische Maskulinität auf den Rest von uns projizierten? Ohne, dass sie ein Patriarchat aufbauten und einen Status quo beibehielten, der jeden anderen zum Sklaven ihrer niedersten Bedürfnisse machte?

„In Ordnung", sagte ich bloß. „Nun zu deinem Beziehungsstatus. Du bist Single. Jeder weiß das. Liegt das am Geschäft – weil du das Aushängeschild des Clubs sein und beweisen möchtest, dass er für Männer ist, die gerne ein wildes und sorgloses Leben führen? Oder liegt es an deinem Verhalten, dass es dir nicht gelingt, eine Langzeitbeziehung aufzubauen?"

Ich bereute es fast sofort. Es war zwingend notwendig, mir darüber bewusst zu sein, dass ich hier wegen eines Interviews war, nicht um ihn bei jeder Gelegenheit anzuzweifeln und zu versuchen, ihn zu beleidigen, wann immer ich konnte. Ich wusste, dass der Kerl einiges einstecken konnte, aber so gut kannte ich ihn auch wieder nicht und es war immer möglich, dass ich zu weit ging. Und zu weit könnte bedeuten, dass ich die restlichen Interviews verlor und jede Chance, die ich haben mochte, ihn zu Fall zu bringen.

„Warum ich Single bin? Tja, das Warum ist komplizierter, als man meinen würde. Aber bleib lang genug hier und vielleicht findest du es ja heraus."

4

ETE

Meine Fresse, das war vielleicht eine mutige Frau, aber mich täuschte sie nicht. Ich merkte, dass ein paar meiner Worte sie erreichten. Sie dachte in diesem Moment darüber nach, wie es mit uns beiden sein würde. Ich fragte mich, wie lange es her war, seit sie anständig von einem Mann gefickt worden war, der wusste, was er tat. Während ich sie von meinem Stuhl aus von oben bis unten musterte, gab ich mich der Fantasie hin, wie es wohl wäre, ihr zu befehlen, aufzustehen und sich auszuziehen. Ich wusste, dass dieser Körper tierisch heiß war und diese Pussy... Gott, ich hatte so ein Gefühl, dass sie eng und feucht war.

Yeah, ich wusste, dass sie feucht war. Ich konnte es daran erkennen, wie sie auf ihrem Stuhl herumrutschte. Frauen versuchten häufig diese Art von Reaktion zu verbergen und ich hatte es schon zuvor beobachtet, denn mich konnte man nicht täuschen. Ich konnte es jetzt sehen – ihre Nippel wurden allmählich hart und ich konnte die Umrisse ihrer zusammengezogenen Warzenhöfe unter dem weißen Stoff ihrer zugeknöpften Bluse ausmachen. Ihr BH musste sehr dünn sein, denn er half kein bisschen dabei, die Härte ihrer festen, kleinen Knospen zu verstecken. Was würde ich nicht dafür geben, ihr hier und jetzt die Kleider vom Körper zu schälen und an diesen Knospen zu saugen, bis sie schrie.

Fuck, ich wurde schon wieder hart. Jetzt war ich es, der auf seinem Stuhl herumrutschte, aber wenigstens hatte ich meinen Schreibtisch, der mich verdeckte, während ich meine Hose richtete.

„Hierbleiben und herausfinden, warum du Single bist? Ich denke nicht, dass das für das Interview oder die Story, die ich zu schreiben versuche, relevant ist", sagte sie mit einer Spur Verachtung in der Stimme.

„Wie wäre es damit...", begann ich, während ich mir spontan einen Vorschlag auszudenken versuchte. „Wie wäre es, wenn du mit mir Essen gehst. Schaust, ob du es herausfinden kannst. Du bist Journalistin, dir gefallen doch bestimmt Mysterien, oder?"

Sie zog wieder eine Augenbraue nach oben. Scheiße, das törnte mich an. Und irgendetwas an dieser Geste kam mir bekannt vor, aber ich konnte nicht genau sagen was. Ich stand eigentlich nicht auf Frauen, die so unverblümt und frech versuchten, mir eine Absage zu erteilen. Weiter zur nächsten Person in der Reihe – das war meine übliche Methode, mit solchen Dingen umzugehen. Doch jetzt sorgte es lediglich dafür, dass ich sie noch mehr wollte. Ich würde dieser Frau beweisen, was sie sich entgehen ließ und sie könnte in Erfahrung bringen, warum ich Single war und selbst entscheiden, ob sie das in dem Artikel bringen wollte oder nicht. Vielleicht würde es ein paar Leute ansprechen, wenn man den Club mit einem menschlichen Gesicht in Verbindung bringen konnte.

Penny schüttelte den Kopf. „Vielleicht ein anderes Mal. Wie wäre es damit, dass wir fürs Erste einfach nur unseren nächsten Interviewtermin vereinbaren? Wir werden darüber sprechen, wie die Clubmitgliedschaft funktioniert, die Sicherheitsüberprüfung und all diese kleinen Details. Dadurch kannst du dich auf unser nächstes Gespräch besser vorbereiten."

Ihr Tonfall verblüffte mich ein wenig. „In Ordnung." Ich griff nach meinem Handy, öffnete meinen Kalender und scrollte durch die restliche Woche und die nächste. „Sieht so aus, als wäre Freitag 17 Uhr der nächste freie Termin, den ich anbieten kann. Passt dir das?"

Penny warf einen Blick auf ihr Handy und nickte. „Dann werde ich diesen Termin einplanen."

Ich erhob mich, um anzudeuten, dass es für sie an der Zeit zum Gehen war. Daraufhin sammelte sie sofort ihre Sachen ein, weil sie meine Körpersprache richtig gelesen hatte.

„Zieh dich für das nächste Mal entsprechend an. Ich werde in den Club gehen und du wirst mit mir kommen."

Sie verengte die Augen leicht und wandte sich dann ab, um ohne ein weiteres Wort zu gehen. Ich bemerkte die Doppelbedeutung meiner Worte. Yeah, ich hatte so was von vor, mit ihr im Club und an jedem anderen Ort, an dem ich sie nehmen konnte, zu kommen. Ich beobachtete, wie sie ging, und setzte mich dann wieder, als sich die Tür hinter ihr schloss.

„Fuck", fluchte ich unterdrückt. Penny Saxs hatte keine Ahnung, was sie noch erwartete. Diese Frau war fällig und ich würde sie haben, irgendwann. Momentan dachte sie zwar, dass sie mich nicht wollte, aber ich konnte Körpersprache lesen und das Blatt wendete sich zu meinen Gunsten. Sie würde es genießen, so viel wusste ich. Auch wenn ich es liebte, Macht über jemanden zu haben, und das für mein eigenes Vergnügen benutzte, verschaffte ich jeder Frau, mit der ich schlief, ebenfalls irgendeine Art von Vergnügen. Der Gedanke an Penny Saxs, die ihren Kopf nach hinten warf, während ihr Körper unter meinem erbebte, da sie auf meinem Schwanz zum Höhepunkt kam, war genug, dass ich fast die Kontrolle verlor, direkt dort an meinem Schreibtisch. Ich griff nach unten und spürte die harte Länge meines Schwanzes an meinem Schenkel und massierte ihn leicht. Im Moment wäre es wirklich einfach, mir einen runter zu holen, aber ein Teil von mir wollte warten. Pennys kleiner Engelmund und volle, weiche Lippen sahen aus, als wären sie wie dafür geschaffen, einen Schwanz zu blasen. Ich würde schon bald herausfinden, wie fähig sie in dieser Praktik war.

Ich holte tief Luft und schloss die Augen in dem Versuch, wenigstens etwas Kontrolle zurückzuerlangen. Es würden einige lange Tage des Wartens werden, bis ich sie wiedersah. Ich hätte Asia herrufen können. Sie wäre in Nullkommanichts auf den Knien gewesen. Das Mädel liebte es, Schwänze zu blasen, und ich wusste, dass jeder von uns im Büro sie auf die ein oder andere Art benutzte. Es war nicht einmal ein Geheimnis. Sogar unsere Personaldirektorin, Elle, ließ Asia manchmal in ihrem Büro auf die Knie gehen und sich von ihr ihre heiße kleine Muschi lecken, als gäbe es keinen Morgen. Es war allerdings Ewigkeiten her, seit ich mit Asia geschlafen hatte, und ich bemühte mich wirklich, eine Pause davon zu machen. Dieser Tage hatte ich andere, ernstere Dinge im Kopf, als irgendeine beliebige Pussy im Club zu knallen.

Und heute konnte ich es wirklich nicht tun. Nicht, nachdem ich mit Penny gesprochen hatte. Ich wusste nicht, was es an dieser Frau war, aber sie hatte mich in ihren Bann gezogen und ich würde sie haben, bald. Am Ende würde sich das Warten lohnen. Und mich dazu zu zwingen, zu warten und mir den Genuss eines Orgasmus zu Gedanken an Penny zu versagen, würde es noch so viel besser machen, wenn ich schließlich zum ersten Mal in ihrer Muschi explodierte.

Später an diesem Abend, nachdem ich schon einige Stunden im Bett war, wachte ich in Schweiß gebadet und mit dem Schwanz in der Hand auf. Die Beweislage deutete ganz eindeutig darauf hin, dass ich mich mitten in einem sehr heißen Traum befunden hatte, aber ich hatte Probleme damit, mir die Bilder wieder vor Augen zu rufen. Nackt schlug ich die Decke zurück und taumelte durch die Dunkelheit in mein Bad, wo ich das Licht anschaltete, als ich auf den Fliesenboden trat.

„Du siehst beschissen aus, Wilson", erklärte ich meinem Spiegelbild, als ich in den Spiegel hochsah. Offensichtlich hatte der Traum, wovon auch immer er gehandelt hatte, mir alles abverlangt. Doch was war es gewesen? Ich wusch meine Hände und spritzte mir Wasser ins Gesicht. Anschließend füllte ich ein Glas mit Wasser aus dem Hahn und trank einen Schluck, bevor ich wieder zu meinem Bett schlurfte.

Ich wechselte auf die andere Bettseite, wobei ich mir eine mentale Notiz machte, die Haushälterin morgen zu bitten, meine Bettwäsche zu wechseln, als der Traum plötzlich und glasklar zurückkam.

Penny Saxs hatte in dem Traum mitgespielt. Natürlich hatte sie das. Es war schier unmöglich gewesen, sie den Rest des Tages und auch am Abend aus meinem Kopf zu verbannen. Ich konnte mich einzig und allein auf sie konzentrieren und mir vorstellen, wie sie nackt aussehen würde. Gott, es war ja nicht so, als würde ich nicht den ganzen Tag lang verdammt scharfe Körper im Club V sehen. Andererseits musste ich im Club auch den Anblick der Körper mancher Leute ertragen, die ich lieber nicht gesehen hätte. Das gehörte mehr oder weniger dazu, wenn man Politiker und Geschäftsmänner anlockte. Manche legten zwar sehr viel Wert auf ihr Erscheinungsbild, aber viele schlugen die entgegengesetzte Richtung ein und schienen zu glauben, dass ihr Status bedeutete, sie könnten alles andere schleifen lassen und trotzdem Frauen haben, die begeistert ihre Schwänze lutschten. Natürlich verdienten wir genau damit unser Geld – auf Grundlage des Bemühens, diese Fantasie für Männer und Frauen zur Realität werden zu lassen.

Der Traum jedoch... jetzt, da mir alles wieder einfiel, haute er mich abermals völlig um und ich drehte mich mit einem Stöhnen und aufgerissenen Augen und schockiert über den Detailreichtum um. Es hatte sich so echt angefühlt und weil ich jetzt wieder darüber nachdachte, war ich auf dem besten Weg zu einer weiteren Erektion.

Wir waren im Aufzug eines Bürogebäudes. Ich war auf dem Weg zu ihr gewesen und sie holte mich an der Tür ab. Dann sagte sie, sie würde mich mit nach oben nehmen, um mir zu zeigen, wo sie arbeitete. Doch anstatt mich bis zu dem Stockwerk zu bringen, in dem sie arbeitete, drückte sie auf den Notfallknopf des Aufzugs und wir stoppten.

Das brachte meinen Magen unangenehm zum Schlingern, weil ich unbewusst Verbindungen zog, aber ich erinnerte mich, dass das nur ein Traum war und die zwei Ereignisse und Menschen keinerlei Verbindung hatten.

Penny verlor keine Zeit. Sie öffnete meinen Gürtel und zog meine Hose nach unten, kniete sich vor mich und nahm meine Schwanzspitze zwischen ihre süßen Schmolllippen. Ich konnte nicht fassen, wie gut sie sich um die zunehmende Härte meines Schwanzes anfühlten. Sie leckte und saugte, neckte die Spitze mit ihrer Zunge und streichelte die gesamte Länge mit ihren weichen kleinen Händen. Es war absolut wundervoll und ich konnte nur daran denken, sie zu vögeln. Zum Glück war das meine ‚Traum-Penny' und sie las meine Gedanken.

Ihre Kleider verschwanden und ich hatte kaum Zeit, ihren Anblick zu genießen. Natürlich wusste ich, dass meine Einbildungskraft einen Körper für sie erschuf, aber ich wusste auch, dass der Körper, der sich tatsächlich unter ihren Kleidern verbarg, genauso gut oder sogar besser war als alles, das ich mir ausdenken konnte. Perfekte Titten mit Nippeln, die nur darum bettelten, gesaugt zu werden. Mein Gott, an irgendeinem Punkt würde ich so viel Spaß damit haben, ihre Titten zu ficken. Jetzt war allerdings nicht die Zeit dafür. Nein, Penny war bereit, sich von mir die Pussy durchackern zu lassen und es gab nichts, das ich in diesem Moment lieber getan hätte.

Ich presste sie gegen die Aufzugwand, ein Bein über meine Schulter geworfen, während ich meine ganze Länge in sie stieß und sie tief penetrierte.

„Gefällt dir das, Baby? Magst du diesen harten Schwanz in dir?" Ich konnte spüren, wie er sie dehnte und sich ihr Körper an die Größe meines dicken, angeschwollenen Penis anpasste.

Sie blickte mir mit ihren wahnsinnig kristallblauen Augen, die so hell waren, dass sie fast schon durchsichtig wirkten, in meine.

„Fick mich hart", flehte sie und ich gehorchte. Normalerweise war ich derjenige, der die Befehle erteilte, aber wenn Penny mich bat, sie zu ficken, würde ich nicht protestieren.

Ich wollte, dass es länger dauerte, als es das tat. Aber sie war einfach zu heiß. Zu feucht und bereit für mich und ich spürte, wie sich ihre Pussy um meinen Schwanz verkrampfte, mich molk und sich um meine Härte zusammenzog.

„Komm in mir. Ich bin deine kleine Hure und ich will, dass du meine Pussy mit deinem Sperma füllst!", schrie sie so laut, dass ich dachte, dass jeder in dem Bürogebäude sie gehört haben musste. Ich konnte es ihr jedoch nicht abschlagen. Bei all diesem Dirty Talk brauchte es nur noch einen Stoß. Ich stöhnte in ihre Haare, als mein Samen in ihre heiße Pussy schoss. Ich füllte sie bis zum Überlaufen und hielt sie fest, wobei Sperma über meine Eier lief, während sie ihre Beine um mich schlang und wir einander festhielten.

„Ich habe lange Zeit auf das hier gewartet", gestand sie mit einem Lächeln und küsste mich sanft auf die Lippen. Dann war ich aufgewacht.

Heilige Scheiße, wenn sie im echten Leben so gut war wie in dem Traum, dann wären wir absolut perfekt für einander. Ich wollte mein Handy holen und sie sofort anrufen, sie bitten, hierherzukommen und mit mir zu beenden, was wir im Traum begonnen hatten. Aber ich wusste, wie verrückt das klang. Ich fragte mich, ob jemals jemand diesen Spruch für einen Booty Call verwendet hatte. Könnte bei der richtigen Person durchaus funktionieren.

Ich würde allerdings warten müssen. Meine Eier schmerzten und ich wollte nichts lieber tun, als mich bis zum Anschlag in ihr zu versenken, etwas, von dem ich mir sicher war, dass es bestimmt im Verlauf der nächsten achtundvierzig Stunden passieren würde. Ich konnte erkennen, dass mich diese Frau wollte, ganz gleich, wie angestrengt sie versuchte, es zu leugnen. Es würde nur ein wenig Arbeit erfordern, sie sehen zu lassen, wie sehr sie mich brauchte. Und fuck, würde ich sie füllen.

5

ENNY

Ich war stinksauer auf mich selbst, aber kam einfach nicht dagegen an. Es waren ganze sechs Stunden vergangen, seit ich mich in seiner Gegenwart befunden hatte, und dennoch, wenn ich an Pete dachte, machte es mich feucht. Nach allem, was er mir angetan hatte, besaß er immer noch diese Macht über mich.

Ich wollte es hinter mich bringen,

weshalb ich meinen kleinen Vibrator mit den Hasenohren hervorkramte und am Schreibtisch in meinem Zimmer zu Hause loslegte. Die Ohren passten perfekt um meine Klit und brachten mich in weniger als sechzig Sekunden zu einem atemberaubenden Orgasmus.

„Das sollte besser reichen", sprach ich zu mir, während ich nach Luft schnappte und den Vibrator beiseitelegte. Was ich wirklich brauchte, war richtig guter Sex, aber ich hatte so meine Zweifel, dass das in nächster Zeit passieren würde. Ich war zu sehr auf meine Arbeit fokussiert, um auch nur darüber nachzudenken, auf zwanglose Dates zu gehen oder einen Typen in einer Bar aufzugabeln. Vielleicht würde ich das nach diesem großen Schreibauftrag zu meiner Priorität machen.

Ich schnappte mir den Stapel Ordner, die mit sämtlichen Informationen gefüllt waren, die bereits über den Club zusammengetragen worden waren. Lauren hatte sehr viel Arbeit darauf verwandt oder einen ihrer Lakaien dazu angewiesen, sich darum zu kümmern. Jedenfalls musste ich vor meinem nächsten Interview mit Pete eine ziemlich große Datenmenge durchgehen.

Es war nach wie vor surreal für mich. Ich war mit ihm in seinem Büro gewesen, nachdem ich ihn zehn Jahre lang nicht gesehen hatte. Jener Moment hatte so viele Gefühle in mir ausgelöst. Ich hatte mich zwar größtenteils von den Auswirkungen dessen, was er mir damals im College angetan hatte, erholt, aber mir war nicht klar gewesen, wie viel davon in dem Moment, in dem ich ihn sah, wieder auf mich einprasseln würde. Doch es war mehr als das, denn Pete war mehr als das. Sicher, er war noch immer eine Sportskanone, die über genug Gehirnzellen verfügte, um eine Firma aufzubauen. Seine Intelligenz konnte ich nicht wirklich beleidigen. Der Kerl war schon immer sehr klug gewesen und es war eines der Dinge, die ich an ihm attraktiv fand.

Während ich an meinem Tisch saß, all meine Recherchen um mich herum ausgebreitet, eine Tasse Kaffee in der Hand und den Laptop gefährlich nah an der Tischkante balancierend, musste ich mich einem Gedanken über Pete stellen, den ich seit einer Weile nicht mehr zugelassen hatte.

Der Grund dafür, warum ich überhaupt mit ihm auf ein Date gegangen war. Es hatte nicht nur daran gelegen, dass er süß war, obwohl das definitiv eine Rolle bei meiner Entscheidung gespielt hatte. Ich hatte für ihn geschwärmt. Es war eine tiefe und beständige Angelegenheit gewesen, die Art von Gefühl, das man besser unbekannt und unerwidert ruhen lässt, außer man befindet sich mitten in einer romantischen Komödie und weiß, dass es ein Happy End geben wird. Mein Leben wäre besser verlaufen, hätte ich die Finger von dem Ganzen gelassen, einfach Nein zu dem Date gesagt und wäre nie mit Pete Wilson irgendwo hingegangen.

Aber ich war mit ihm gegangen und das hatte den Unterschied gemacht. Man hatte mir diesen grausamen und furchtbaren Streich gespielt und jetzt war ich hier, zehn Jahre später, und dachte immer noch darüber nach. Über die Kinder nachzudenken, die heutzutage mit so etwas zu tun hatten, brachte mein Blut zum Kochen, weil ich wusste, dass Mobbing während des letzten Jahrzehnts nur noch schlimmer geworden war.

Ich hatte ihn allerdings gemocht. Sehr, sehr gern und das war ein Grund dafür, dass das Erlebnis so schmerzhaft für mich gewesen war. Ich hatte ihn ab dem Moment gemocht, in dem ich ihn zum ersten Mal gesehen hatte. Das Gefühl war nur gewachsen, als ich ihn ein bisschen besser kennengelernt hatte, hauptsächlich als flüchtige Bekanntschaft, aber ich hatte auch gesehen, wie er andere Leute behandelte. Pete Wilson mochte alles gehabt haben, aber er hatte auch gut und freundlich gewirkt. Er hatte auf andere aufgepasst und sich für den noblen Weg entschieden, wann immer es leichter gewesen wäre, eine andere Richtung einzuschlagen. Ich hatte ihn so sehr gemocht und mir so sehr gewünscht, eine Chance zu bekommen, seine Gesellschaft zu genießen, und der Gedanke, dass er mich um ein Date bat, hatte so unwahrscheinlich gewirkt. Als er es getan hatte, hatte mir das den Schubs gegeben, den ich gebraucht hatte. Bis zu diesem Zeitpunkt in meinem Leben und noch einige Jahre danach, wenn ich ganz ehrlich mit mir war, hatte ich irgendwie das Leben des hässlichen Entleins geführt. Niemand hatte mich jemals richtig beachtet und ich wusste, dass ich nicht das hübscheste Mädchen war, das jemals jemand gesehen hatte. Mich selbst als hübsch zu bezeichnen... nun, das fiel mir nicht gerade leicht. Mein Körperbild und Selbstwertgefühl waren so gering, wie sie nur sein konnten.

Im Prinzip war ich das perfekte Opfer für Pete Wilson gewesen und jeden seiner Gruppe, der sonst noch darin verwickelt gewesen war. Ich hatte bloß daran glauben wollen, dass tatsächlich jemand mit mir auf ein Date ausgehen wollte. Dass dies passiert war, hatte sich zu einer der unfassbar demütigendsten Erfahrungen meines Lebens entwickelt, die mir gezeigt hatte, dass mein niedriges Selbstbewusstsein sogar über einen Keller verfügte.

Ich hörte die Schlüssel im Türschloss und kurz darauf erschien Sara. Sie trug einige Leinentaschen, die bis zum Bersten mit Produkten gefüllt waren, die sie auf dem wöchentlichen Bauernmarkt unserer Nachbarschaft gekauft hatte.

„Wie war dein Tag?", rief ich hinter meinem Stapel Rechercheordner hervor.

„Spitze", antwortete sie, während sie die Taschen auf die Arbeitsplatte wuchtete und anfing, sie auszupacken. „Was hast du denn da?", fragte sie, wobei sie auf das Chaos blickte, das ich momentan vor mir auf dem Esstisch ausgebreitet hatte.

„Tja, Lauren denkt, dass es die Story meiner Karriere sein könnte. Oder zumindest könnte es die Story sein, die Aufmerksamkeit erregt. Es ist irgendwie geheim und ich schätze, man könnte sagen, dass ich undercover arbeite."

Sara drehte sich mit großen Augen und einem Lächeln um. „Oooh, ich liebe Rätsel. Erzähl mir mehr." Sie fuhr fort, das Obst und Gemüse wegzuräumen, während ich mich zurücklehnte und tief Luft holte, unsicher, womit ich beginnen sollte.

„Es ist eine komplizierte Angelegenheit, zumindest was mich betrifft. Hast du schon mal vom Club V gehört?"

Sara nickte und suchte nach einem Platz für den Sellerie. „Klar. Super schickimicki Sexclub."

Ich bedachte sie mit einem verblüfften Blick. Sie schien völlig unbeeindruckt von der Erwähnung des Club V. „Woher weißt du davon?"

Sie zuckte mit den Achseln. „Ein paar meiner Kollegen gehen jedes Mal hin, wenn sie dort ein Angebot am Laufen haben, bei dem die Leute den Club auskundschaften können, bevor sie sich für eine Mitgliedschaft bewerben. So eine Art ‚versuch's, bevor du's kaufst' Sache."

Jetzt war ich überrascht. „Hat irgendeiner gekauft?"

Sie warf mir einen Seitenblick zu. „Verrat nicht, dass du es von mir hast, aber Ivan hat sich angemeldet."

Ich dachte, ich würde von meinem Stuhl fallen. „Karaoke Ivan? Der sorglose Ivan mit dem blauen Mohawk?"

„Na ja, den Mohawk ist er vor ein paar Monaten losgeworden."

„Erstens, ich hatte keine Ahnung, dass er genug Geld verdient, um dort eine Mitgliedschaft zu bekommen. Zweitens... Ivan, im Ernst? Nicht, dass ich es wissen will, aber worauf um Himmels willen steht er, das sie dort anbieten?"

Sara zuckte mit den Achseln, während sie sich an den Tisch setzte. „Sieht so aus, als würdest du das besser wissen als ich. Ich weiß nur, dass er sich angemeldet hat und manchmal hingeht. Ich glaube, für ihn ist es eher ein Ort, an dem er etwas trinken geht und sich an der Gesellschaft von Leuten mit ähnlichen Interessen erfreut. Vielleicht steht er ja auch auf das öffentliche Sex Zeug? Oder haben sie dort nicht Mädels, die für sie arbeiten? Ich weiß nicht, vielleicht ist es wie... vielleicht sind sie Prostituierte oder so was? Du kennst doch Ivan. Er ist bei Frauen ziemlich schüchtern. Vielleicht war es für ihn einfacher, auf diese Weise jemanden zu finden."

Ich war noch immer überrascht. Ivan und ich standen uns nicht nahe, aber ich kannte ihn schon recht lange und fand, dass das ein merkwürdiges Verhalten für ihn war.

„Ich schätze, du könntest recht haben. Es ist nur... na ja, ich denke, das ist nicht unbedingt etwas, von dem ich jemals erwartet hätte, dass jemand von meinen Freunden darauf steht. Weißt du, was ich meine?"

Sie nickte. „Ja, glaub mir. Als er uns im Pausenraum davon erzählt hat, musste ich mich wirklich zusammenreißen, nicht sofort von dort zu verschwinden. Also verrat mir, was du auf das Titelblatt des *Expose* bringen wirst."

Ich öffnete den Ordner, der am nächsten lag, und zeigte ihr das Foto darin. „Das ist Pete Wilson. Er ist der Gründer und einer der drei Clubbesitzer. Es war seine Idee. Sie ist ihm im College eingefallen und er hat sie seinen zwei Freunden vorgeschlagen. Sie haben sich zusammengetan, investiert und den ersten Club aufgebaut, der sich zu dem landesweiten Ding entwickelt hat, das es jetzt ist. Unglaublich erfolgreich, die Männer sind jetzt alle Milliardäre. Ich denke, alle drei haben noch während der ersten zwei Jahre ihre erste Milliarde gemacht. Es ist eine bemerkenswerte Erfolgsgeschichte."

„Ich glaube, mir entgeht irgendwie,

weswegen du sie an den Pranger stellen willst."

„Das ist ein bisschen komplizierter. Es gibt da diese super geheime Sache, die sie eventuell machen, aber noch ist sich noch niemand so richtig sicher. Es ist ein Gerücht, das schon seit langer Zeit kursiert. Aktuell haben wir keine Beweise, um unsere Behauptungen zu stützen, aber worüber wir Informationen auszugraben versuchen, ist der Verdacht, dass der Club über einen Auktionsraum verfügt, der super exklusiv für die Kunden ist, die Geld haben. Sara, man sagt, dass sie Jungfrauen versteigern."

Sara schnitt eine Grimasse und nickte. „Yeah, davon hab ich gehört."

Ich betrachtete sie entgeistert. „Meine Güte, vielleicht solltest du diese Story schreiben."

Sie schüttelte den Kopf. „Nee, du kennst mich doch. Ich komme mit den kompliziertesten Steuerformularen zurecht, die sich die Regierung einfallen lässt, aber ich kann kaum einen vollständigen Satz zu Papier bringen."

Ich verdrehte die Augen über meine Mitbewohnerin. Sie war klüger, als sie sich selbst zugestand, selbst in den Dingen, in denen sie glaubte, nicht gut zu sein.

„Ich schätze, bei dieser Sache gibt es noch ein kleines Detail, das ich erwähnen sollte. Pete Wilson... er ist der gleiche Pete Wilson, der... du weißt schon... dieses Ding gemacht hat, von dem ich dir erzählt habe. Was mir im College passiert ist."

Sara brauchte einen Moment, bis sie verstand, was ich ihr sagen wollte. Doch als ihr schließlich dämmerte, was ich meinte, klappte ihr Mund auf. „Auf keinen verdammten Fall."

Ich nickte. „Doch, er ist es."

Sie nahm sich einen Moment, um wieder ihre Fassung zu erlangen. Sie war einer der wenigen Menschen, denen ich von dem Vorfall erzählt hatte, abgesehen von den Leuten, die davon gewusst hatten, als es passiert war. Es war damals schon abgrundtief peinlich gewesen, damit zu tun zu haben, und wenn möglich würde ich das Ganze gerne in der Vergangenheit ruhen lassen. Doch als wir einmal ein Gespräch über unseren tiefgreifendsten Schmerz und die Dinge, vor denen wir die größte Angst hatten, geführt hatten, war es irgendwie zur Sprache gekommen. Das war der Knackpunkt an dem ganzen Erlebnis – es hatte so eine tiefe emotionale Narbe hinterlassen, die weit über die eigentliche Tat hinausging. Wegen dem, was mir damals passiert war, gab es jetzt bestimmte Dinge, vor denen ich einfach Angst hatte. Erste Dates schafften es zum Beispiel stets mich so richtig aus dem Lot zu bringen. Man geht nicht auf ein falsches erstes Date und steckt das Erlebnis schnell weg. Ich war niemand, der gerne das Opfer spielte. Ich wusste allerdings, dass das, was man mir angetan hatte, nicht normal gewesen war und so etwas prägte eine Person nachhaltig. Ich hatte es am eigenen Leib erlebt und ich würde niemals eine Person verurteilen, die sich von einer Situation bedroht fühlte wegen etwas, das sie in der Vergangenheit erlebt hatte. Sara wusste Bescheid und sie war sehr nett zu mir gewesen, als ich es ihr erzählt hatte. Es gab keine Aufforderungen ihrerseits mehr, auf erste Dates zu gehen. Sie war einer der wenigen Menschen, denen ich das hatte anvertrauen können. Im Verlauf der Jahre, die wir nach dem College zusammengewohnt hatten, hatte sie mir dabei geholfen, vieles von dem zu überwinden, das mich nach dem Vorfall geplagt hatte.

„Ich verstehe nur nicht, wie du es ertragen kannst, in seiner Nähe zu sein, Penny." Die Worte kamen endlich, langsam und ruhig.

Ich nickte. „Ich weiß. Es ist der verrückteste Zufall aller Zeiten und ich denke, es gab eine Zeit, als ich vor dieser Aufgabe weggerannt wäre. Nein, ich weiß es mit Sicherheit. Vermutlich sogar noch vor wenigen Jahren. Du weißt ja, wie ich war. Es ist nicht so, dass ich jeden einzelnen Tag darüber nachdachte, was mir passiert war, aber ich würde sagen, dass mir ein Teil dessen, was er mir angetan hatte, immer wieder in meinem Alltag begegnete. Es gab ständig Erinnerungen daran. Du weißt, was ich meine."

„Yeah, das weiß ich."

Ich holte tief Luft. „Ich möchte nicht, dass du denkst, ich würde den Verstand verlieren und ich verstehe, wenn du denkst, das meine Motive schlechtes Karma heraufbeschwören könnten – aber ich denke einfach, wenn ich in diese Story involviert bin und den Leuten zeigen kann, worum es bei diesem Club wirklich geht, dass er Frauen und ihre Sexualität ausbeutet... dazu bringt, ihre Jungfräulichkeit an den Höchstbietenden zu verkaufen... wenn ich diese Story erst einmal veröffentlicht habe, denke ich, werde ich mit Pete Wilson ein für alle Mal abschließen können. Es ist, als hätte sich das Universum dazu entschieden, sich einzumischen und mir ein Geschenk zu machen."

Sara versuchte, mir ein Lächeln zu schenken, aber ich konnte sehen, dass es erzwungen war. „Ich möchte, dass du vorsichtig bist", sagte sie, während sie ihre Hand ausstreckte, um meine zu drücken. „Du verbindest eine Menge Emotionen und Erinnerungen mit diesem Kerl und ich weiß, dass in seiner Nähe zu sein eine Menge davon wieder hochbringen wird. Es gibt keine Möglichkeit, das zu vermeiden. Ich möchte nur, dass du auf dich achtgibst. Lass nicht zu, dass es dich beeinflusst, so nah an einem solch finsteren Ort und düsteren Aktivitäten zu sein. Falls er wirklich in das verwickelt ist, das du vermutest, bedeutet das, dass er darauf steht, Frauen auszubeuten. Das ist die schlimmste Art von Frauenfeindlichkeit. Das klingt so, als hätte er seit dem, was er dir im College angetan hat, noch immer nichts dazu gelernt."

„Keine große Überraschung, oder?" Ich seufzte tief auf.

Sie schüttelte zustimmend den Kopf. „Ich fürchte, es ist ganz und gar nicht überraschend. Es ist als hätte er einen Kopfsprung in einen toxischen Pool gemacht. Als... was er macht, könnte sehr gut kriminell sein. Hast du darüber schon nachgedacht? Könnte es gefährlich für dich werden?"

Ich hatte ehrlich gesagt kaum einen Gedanken an diesen Aspekt des Auftrags verschwendet. Meine Aufgabe bei all dem war, näher an den Club ranzukommen und Pete Wilson zu interviewen. Ich wusste, dass ich beim nächsten Mal, wenn ich dort war, eine Tour des Clubs bekommen würde. Allerdings hatte ich keinen blassen Schimmer, wie ich es jemals schaffen sollte, mir Zugang zum Auktionsraum zu verschaffen. Dabei war das genau das, was ich tun musste.

„Es besteht definitiv eine Möglichkeit, dass dort einige kriminelle Aktivitäten vor sich gehen, aber ich versuche, nicht allzu lange über diesen Aspekt nachzudenken. Ich bin nur dort, um meine Fakten zu sammeln und dann wieder zu verschwinden." Die Gefühle, die ich für Pete empfand, verschwieg ich geflissentlich. Sie waren rein körperlicher Natur. Nichts, mit dem ich meine Mitbewohnerin belasten musste.

„Okay, aber ich mache mir trotzdem Sorgen, weil du dort allein reingehst."

Plötzlich hatte ich eine Idee. Vielleicht musste ich das nicht allein machen.

„Sara, meinst du, dass Ivan gewillt wäre, mir bei einem Teil dieser Story zu helfen?"

Sie neigte den Kopf zur Seite und dachte nach. „Nun, wenn er der Meinung wäre, dass dort irgendetwas vor sich geht, mit dem er nicht zu hundert Prozent einverstanden ist, dann ja. Ich denke, in diesem Fall würde er definitiv dafür sorgen wollen, das Ganze zu stoppen. Und wenn dir mit der Story zu helfen ein Weg wäre, um das zu ermöglichen, dann könnte ich mir durchaus vorstellen, dass er es tun würde."

Ich zog mein Handy hervor und scrollte durch meine Kontaktliste. „Kann ich seine Nummer haben? Ich werde Lauren anrufen und in Erfahrung bringen, ob wir etwas arrangieren können."

In meinem Kopf ratterte es noch, aber ich hatte so ein Gefühl, dass ich einen Weg in den Auktionsraum gefunden hatte.

6

ETE

Der Freitag war endlich angebrochen und ich wusste, warum ich so aufgeregt war. Penny würde für das zweite Interview herkommen. Und auch wenn ich nicht gerade begeistert davon war, noch mehr bohrende Fragen über den Club zu beantworten, weckte doch der Gedanke, sie wiederzusehen, den Wunsch in mir, die Stunden mögen schneller vergehen. Ich konnte mich nicht an das letzte Mal erinnern, als sich eine Frau derartig in meinem Kopf eingenistet hatte. Aber an Penny war einfach alles absolut umwerfend und ich war fest entschlossen, ihr an irgendeinem Punkt heute Abend wenigstens eine Kostprobe dessen zu geben, was ich beabsichtigte, ihr irgendwann zu geben.

Endlich betrat sie mein Büro, gekleidet in ein schlichtes, aber fast schon schockierend tief ausgeschnittenes schwarzes Kleid. Es war perfekt für den Club und sie würde heute Abend die Blicke vieler Männer auf sich ziehen. Zu deren Pech war die einzige Person, die eine Chance darauf hatte, sie nach Hause zu bringen, ich.

„Du siehst fantastisch aus", sagte ich und überhäufte sie gleich von Anfang an mit Komplimenten. Ich hatte kurz in Erwägung gezogen, es bei ihr mit Negging zu versuchen, nur um dann zu entscheiden, dass das sinnlos war. Es war für mich eindeutig, dass Penny keine eitle Frau war. Sie wusste jedoch, dass sie attraktiv war und ich vermutete, dass sie schon eine ganze Menge Aufreiß-Künstler erlebt hatte. Ich war keiner, aber kannte die Taktiken sehr gut von all den Männern, von denen ich tagein, tagaus umringt war. Sie würde diese Taktiken ebenfalls kennen und ich bezweifelte, dass sie zu der Sorte Frau zählte, die auf diese verdrehte Aufmerksamkeit stand.

Sie bedachte mich mit einem strahlenden Lächeln. „Oh, dieses alte Teil?", fragte sie, während sie sich leicht drehte.

Ich streckte die Hand aus und packte sie, um sie näher zu mir zu ziehen. Es war zu früh, das wusste ich, aber sie machte den Eindruck, als wäre es okay für sie.

„Ich weiß es wirklich zu schätzen, dass du hierherkommst und wie eine Göttin aussiehst", sagte ich, wobei mein Atem über die Seite ihres Halses strich. Ich atmete den Duft ihrer Haare ein. Es roch schwach nach Erdbeeren und Jasmin und ich wollte mich in dem exotischen Aroma vergraben. Allerdings nicht nur in ihren Haaren. Ich wollte sie auf meinen Schreibtisch heben, ihr Kleid nach oben schieben und ihre Beine weit spreizen. Ich fragte mich, ob sie wohl einen Slip trug und erlaubte mir, mir vorzustellen, dass dem nicht so war. Vielleicht war sie hierhergekommen und hatte das von mir erwartet. Vielleicht wollte sie es schon. Auf diese Weise wäre es so viel leichter, aber ich war mir nicht sicher, ob ich es leicht wollte. Penny war hinreißend und auch intellektuell eine Herausforderung. Deswegen wollte ich sie nur noch mehr. Jetzt wollte ich sie weit auf meinem Schreibtisch spreizen, mein Gesicht zwischen ihren Beinen vergraben und ihre Klit lecken, bis sie schrie.

Aber das würde warten müssen.

„Gibt es hier nicht einige Dinge, die du mir zeigen wolltest?", erkundigte sie sich, während sie erneut unter ihren dunklen Wimpern zu mir aufsah.

Ich war wie hypnotisiert von ihren

Augen und dem Gefühl ihrer seidigen Haut unter meinen Fingerspitzen. Ich streichelte ihren Arm und nickte, bevor ich sie zur Tür führte und hinaus auf den Gang trat.

„Ich schätze, inzwischen hast du den Großteil des Büros gesehen. Jakes Büro ist dort drüben. Neils ist gleich hier. Beide sind im Moment nicht in der Stadt."

Ohne ihr verdammtes Notizbuch wirkte sie fast schon nackt und ich konnte spüren, dass sie danach griff. Sie führte eine kleine Handtasche bei sich, die höchstens einen Lippenstift und etwas Bargeld fassen konnte, doch ich sah, wie sie das Aufnahmegerät, das sie schon beim ersten Interview mit in mein Büro gebracht hatte, zückte.

„Ist es okay, wenn ich das Gespräch wieder aufzeichne? Da wir zugleich laufen und reden werden, ist das die beste Methode."

Ich nickte, aber verspürte leichten Widerwillen, ihr die Erlaubnis zu geben, da wir den Hauptbereich aufsuchen würden, wo die ganze Action stattfand.

„Keine Sorge, ich werde es niemandem von deinen Mitgliedern unter die Nase halten", beruhigte sie mich mit einem Lachen, während sie das Gerät anschaltete und auf Schulterhöhe hielt. „Erzähl mir mehr darüber, wie du deine Geschäftspartner kennengelernt hast."

„Wir hatten ein paar Kurse auf dem College zusammen. Sie verfolgten nicht die gleiche Schiene wie ich, aber einer unserer Einführungskurse war der Gleiche und danach fingen wir an, miteinander abzuhängen. Daraus hat sich irgendwie eine natürliche Partnerschaft ergeben. Keiner von uns ähnelt sehr dem anderen, aber es sind unsere Unterschiede, die dafür sorgen, dass wir uns im Geschäft so gut ergänzen. Ich denke, du wirst merken, dass wir gut zusammenarbeiten, obwohl wir recht verschieden sind. Zwischen uns besteht eine Art Chemie und ein Verständnis, wie wir ineinandergreifen. Das war bisher sehr erfolgreich."

„Eindeutig", stimmte sie fast schon atemlos zu, während wir gemeinsam durch den Gang liefen. Sogar der Gang zeugte von dem Geld, das wir mit unserem Geschäft gemacht hatten. In keinem Teil des New Yorker Clubs waren Kosten gescheut worden, der in seiner bisherigen Vergangenheit als Club mehr als einer vollständigen Renovierung unterzogen worden war.

„Neil ist der Schillernde, Freche der Gruppe. Jake ist eher ein Mann der Tat und schlagfertig. Ich... nun, ich schätze, man könnte sagen, dass ich der Zahlentyp bin. Der Denker von uns dreien."

Das schien sie zum Lächeln zu bringen und ich fragte mich, ob es einen Teil in dieser kleinen Sexgöttin gab, der auf Nerds stand. Vielleicht könnte ich ja diesen Teil meiner Persönlichkeit hervorheben, den ich oft vor den Blicken anderer versteckte.

Der Gang krümmte sich und wir

traten aus dem Seiteneingang des Hauptbereiches, der an der Bar vorbeiführte.

„Komm, holen wir uns einen Drink, bevor wir weitergehen", schlug ich vor und war schon bald darauf froh, dass ich das getan hatte. Es war noch früh, aber es waren bereits einige Leute da und genossen die Gesellschaft der anderen. Ein paar der Mädchen mit Halsbändern schritten aus dem Ankleideareal und hinaus in den Hauptbereich. Sie trugen nichts außer Edelsteinen um ihre hübschen Hälse. Penny hatte dieses Spektakel des Club V bereits bei ihrem ersten Besuch gesehen, aber ich bemerkte, dass sie dieses Mal genauso entsetzt darüber war wie beim ersten Mal.

„Celeste, was kannst du für unseren kleinen Gast hier zaubern? Sie schreibt einen Artikel über uns im... nun, du wirst es noch früh genug sehen. Lass uns einfach sagen, wir werden die ältere, etabliertere Version unseres geilen Durchschnittstypen über fünfzig hierherbringen."

Celeste, unsere Barmanagerin, grinste mich an und schaute zu Penny, deren Erscheinungsbild sie mit einem forschenden Blick musterte. „Hmm... welchen Alkohol magst du?"

Penny dachte einen Augenblick nach. „Na ja, eigentlich bin ich ein Weinmädchen, aber wenn ich Cocktails trinke, mag ich die auf Tequila-Basis."

Ich warf ihr einen neugierigen Blick zu. „Ich hatte nicht erwartet, dass der Abend von Beginn an so gut verlaufen würde."

Penny rollte mit den Augen und für einen Moment, hatte ich beinahe das Gefühl, als würden wir einander kennen. Da war irgendetwas in ihren Augen, etwas Vertrautes, das über deren verführerischen ‚fick mich' Blick hinausging. Sie schaute mich an, als wären wir einander schon mal über den Weg gelaufen. Mir wurde plötzlich ganz mulmig zumute, dass ich diese Frau vielleicht mal gedatet hatte oder sie allermindestens in einem meiner Alkoholrausche Mitte zwanzig an einer Bar angemacht hatte. Ich verdrängte diesen Gedanken und machte Platz für erfreulichere Gedanken über diese Frau. Wenn ich mit Penny Saxs ausgegangen oder ihr auch nur einmal in meinem Leben über den Weg gelaufen wäre, würde ich mich daran erinnern. Sie gehörte zu der Sorte Frau mit einer unvergesslichen Eigenschaft, die sich in die Haut eines Mannes brannte wie ein heißes Brandeisen auf Rinderhaut. Eine Berührung dieser Frau würde einen geringeren Mann verbrennen, aber ich glaubte, dass ich der Herausforderung gewachsen war und freute mich auf den Schmerz, den sie in mein Leben zu bringen gedachte.

„Ich habe genau das Richtige", verkündete Celeste mit einem Nicken und begann, hinter der Bar einen Drink für Penny zu mixen. „Das Gleiche wie immer für dich, Pete?"

Ich nickte und lächelte wegen der

Vertrautheit zwischen Celeste und mir. Sie war, ohne jeden Zweifel, die beste Personalentscheidung, die ich in all meiner Zeit hier getroffen hatte. Vergiss die Jungfrauen, die Mädels, die im Hauptbereich arbeiteten, oder jeden anderen des Personals. Celeste war ein waschechter Hauptgewinn. Der Firma treu ergeben, ohne jeden Tadel, und die verdammt nochmal beste Barkeeperin, die ich je gekannt hatte.

„Wie geht's deinem Baby?", fragte ich, weil ich dachte, dass mich Penny vielleicht etwas liebenswerter fände, wenn ich aufrichtiges Interesse am Leben meiner Angestellten zeigte. Sie bemerkte, was ich gesagt hatte, und wandte sich Celeste zu, als die Barmanagerin zu sprechen begann.

„Köstlich", antwortete sie lächelnd. Ihre Hände waren damit beschäftigt, Limetten auszuquetschen und Pennys Drink zu mixen, aber sie war begeistert, über ihr Kind sprechen zu können. „Weißt du, man hört die Leute immer darüber reden, wie lecker Babys sind. Dass man an ihren Schenkeln knabbern möchte. Ich dachte immer, dass wäre nur irgendein Mist, den die Leute verzapfen, um einen davon zu überzeugen, dass Babys zu haben besser ist, als es das in echt ist, aber ich will dir sagen, dass – Babys verdammt köstlich sind. All diese kleinen Speckröllchen und Pausbacken und das Quietschen und sogar die großen Geschäfte mitten in der Nacht. Es stört mich nicht, um zwei Uhr morgens aufzustehen und es zu füttern. Wenn mir jemand gesagt hätte, dass ich mich freuen würde, mitten in der Nacht aufzuwachen und jemandem ein Fläschchen zu geben, hätte ich ihm gegen das Schienbein getreten und gesagt, dass er verrückt sei. Aber hier bin ich, trotz Schlafmangels, und ich liebe jede einzelne Minute davon. Dem Baby geht's super, genauso wie meiner Frau."

Celeste war mittlerweile Teil der Familie des Club V und trotz unserer Regel, niemanden vom Personal zu daten, war es ihr gelungen, ihre Frau hier zu finden. Sie hatte alles ordnungsgemäß gehandhabt und war gleich am Tag, nachdem sie ihre Frau zum ersten Mal mit zu sich nach Hause genommen hatte, in mein Büro gekommen und hatte ein Meeting mit mir verlangt, um mit mir und jedem aus der Personalabteilung, der Bescheid wissen musste, über die Beziehung zu reden.

„Wie ist es passiert?", hatte ich sie gefragt.

Sie hatte sich geräuspert. „Ehrlich gesagt, habe ich sie dabei beobachtet, wie sie eine Pussy leckte, und ich weiß nicht Boss, aber dabei ist irgendetwas Magisches passiert."

Das war wahrhaftig eine Geschichte, die nur jemand erzählen konnte, der in unserem Club arbeitete.

Ich lächelte genauso wie Penny, als Celeste ihr den Drink reichte. Penny trank einen Schluck und nickte, zufrieden mit dem Endergebnis.

„Oh mein Gott, das ist fantastisch!

Irgendetwas ist anders daran... was ist das..."

„Blutorange", antwortete Celeste mit einem Lächeln und begann, mir einen fünfundzwanzig Jahre alten Dalwhinnie mit einem Schuss Wasser einzuschenken.

„Celeste arbeitet für uns seit... seit dem Anfang, oder?"

Sie nickte. „Ich glaube, die Filiale war ungefähr einen Monat geöffnet, bevor ich anfing. Zu der Zeit gab es hier nicht viel mehr als den Hauptbereich."

„Yeah." Ich deutete über die vielen Möbelstücke und stimmungsvollen Lichter hinweg zum Pool, der sich in der Mitte des Raumes befand, und Pennys Augen folgten meinem Finger, mit dem ich deutete. „Damals hatten wir den Pool noch nicht. Der kam erst ein paar Jahre später."

Penny schnupperte in der Luft. „Wie schafft ihr es, dass es hier drinnen nicht wie in einem Schwimmbad riecht? Ich hätte gedacht, dass es wie das Hallenbad wäre, in dem ich schwimme, wenn ich ins YMCA Fitnessstudio gehe."

„Ganz einfach, aber nur wenige Leute wissen davon. Wir behandeln den Pool mit einer anderen Chemikalie. Es ist kein Chlor, weshalb er nicht diesen typischen Schwimmbadgeruch hat. Wir dachten, brennende Nasenlöcher würden vielleicht vom Ambiente ablenken."

Penny lachte und nickte. „Gute Idee. Es sieht so natürlich aus, als wäre eine artesische Quelle direkt in eurem Club hervorgebrochen."

„Gut, genau das wollten wir erreichen. Du weißt schon, so eine Art Grotten-Stimmung. Es gibt sogar eine kleine Grotte, wenn man ins Wasser geht und um die Ecke schwimmt. Du solltest dort irgendwann mal baden gehen."

Ich sah, wie sie zu einem Pärchen blickte, das am Poolrand ziemlich heftig miteinander rummachte, und sie blickte unsicher wieder zu mir.

„Dann stehst du also nicht so aufs Zuschauen?"

Sie zuckte mit den Schultern. „Das ist neu für mich."

„Bitteschön, für dich, Pete", verkündete Celeste, als sie den Whiskey vor mich auf die Theke stellte.

„Dankeschön. Wir kommen vielleicht später nochmal."

Ich berührte Penny leicht am Ellbogen und wir bewegten uns durch den Raum, während wir an unseren Drinks nippten.

„Das ist der Hauptbereich. Wie du sehen kannst, ist das der Ort, an dem ein Großteil der Action seinen Anfang nimmt." Für einen Mann und eine Frau mit Halsband auf einem Sofa begann es bereits. Sie küssten sich und sein Schwanz war aus der Hose. Die Hand der Frau war um ihn geschlungen und massierte ihn mit langen, zielgerichteten Bewegungen. Ich stoppte, um mich zu vergewissern, dass Penny zusah. Farbe erblühte auf ihren Wangen, vermutlich wegen des Drinks, aber ich bezweifelte nicht, dass auch die Atmosphäre eine gewisse Wirkung auf sie ausübte. „Törnt dich das an?", wollte ich wissen, wobei ich mich näher an ihr Ohr beugte, um mit leiser Stimme zu sprechen.

Ich konnte erkennen, dass sie sorgfältig darüber nachdachte, wie sie diese Frage beantworten sollte, aber auch, dass sie das Gewicht leicht von einem Bein auf das andere verlagerte. Sie wurde zweifellos bereits feucht. Ich konnte sehen, dass sich die Spitzen ihrer Brustwarzen hart gegen den dünnen Stoff ihres schwarzen Cocktailkleides drängten.

„Es ist verflucht heiß. Du hattest recht. Ich weiß nicht, wie du es schaffst, das den ganzen Tag um dich zu haben."

Ich zuckte mit den Achseln und zog sie noch etwas dichter an mich, sodass wir mit aneinander gepressten Hüften und Seite an Seite dastanden.

„Ich hab dir doch gesagt, dass ich jedes der Mädels mit Halsbändern jederzeit zu mir rufen kann. Sie sind dazu verpflichtet, Vergnügen zu spenden, wo immer es verlangt wird."

„Machst du das oft?", fragte sie. Dabei schaute sie mit diesen kristallblauen Augen zu mir hoch und verhexte mich mit dem Licht, das sie in dem schummrigen Raum einfingen. In ihrer Frage schwang die reine Provokation mit, als würde sie mehr fragen, als ihre Worte auf den ersten Blick vermuten ließen.

Ich schüttelte den Kopf. „Nicht mehr."

Sie schwieg, während wir beobachteten, wie die Frau den Schwanz des Mannes losließ, als sie sich rittlings auf ihn setzte und seine stumpfe Härte in sich führte. Die Frau mit dem Halsband begann, die Hüften zu wiegen und sich auf ihm zu winden. Ob das nun nur Show war oder echt, sie vermittelte ihm jedenfalls erfolgreich das Gefühl, dass er momentan der einzige Mann im Raum war. Sie ließ ihn auch wissen, dass sie absolut genoss, was er zwischen seinen Beinen hatte.

„Warum nicht?", fragte Penny beinahe geistesabwesend, während sie das Spektakel vor unseren Augen beobachtete.

„Das ist im Moment einfach nicht das, wonach ich suche."

Das brach den Bann, denn sie blickte wieder zu mir. „Wonach suchst du denn?"

Ich holte tief Luft auf der Suche nach einer Antwort, von der ich nicht wusste, ob ich schon bereit war, sie ihr zu geben. Vielleicht war das etwas, dass ich sie selbst aufdecken lassen würde. Oder vielleicht ging es sie auch gar nichts an und ich würde das Thema ruhen lassen. Warum verspürte ich überhaupt den Drang, mich dieser unbekannten Reporterin zu öffnen? Sicher, sie war eine Augenweide und wir würden irgendwann genialen Sex haben, aber wir würden nicht miteinander ausgehen. Wir würden diese Interviewreihe hinter uns bringen und das wäre dann das Ende der Geschichte. Sie war nicht die Sorte Frau, die dem Club beitreten würde. Das hatte ich bereits von Beginn an feststellen können. Sie hatte etwas an sich, das noch immer ein bisschen schüchtern war bezüglich dessen, was wir hier machten. Ich fragte mich, wie es um ihre Erfahrung bestellt war, und ob sie jemals einen Mann gehabt hatte, der wusste, was er mit ihr machte. Sie war die Art von Frau, die es verdiente, richtig geliebt, verwöhnt und gevögelt zu werden, bis sie sich nicht einmal mehr an ihren eigenen Namen erinnern konnte.

„Etwas anderes. Das gewisse Etwas. Ich werde es wissen, wenn ich es sehe", erwiderte ich, während ich ihre Hand ergriff und sie die große Treppe hinauf in den zweiten Stock führte und dann noch höher zum Restaurant auf der Dachterrasse.

Dort oben saßen wir, genossen den Rest unserer Drinks und blickten hinaus auf die Stadt, während der Nachthimmel das orangene Glühen des Sonnenuntergangs ablöste. Es war klarer als üblich und obwohl über New York City, dank der vielen Lichter in der Gegend, nur wenige Sterne zu sehen waren, war es eine beeindruckende Szene mit der Skyline, die sich vor uns ausbreitete.

„Du hast hier einen tollen Standort", stellte Penny mit einem Lächeln im Gesicht fest, während sie hinaus in die Nacht blickte. „Es ist irgendwie am Rand dessen, wo man so einen Laden eigentlich erwarten würde. Das Industriegebiet verleiht dem Club ein anderes Gefühl von... ich weiß nicht, fast schon Isolation? Aber es war eindeutig ein guter Kauf. Es gibt viele andere Clubs, die sich in Gebäuden wie diesen niederlassen, die früher Fabriken oder Fleischereien waren."

Ich nickte. „Ich will ehrlich mit dir sein, wir haben dieses Gebäude zu einem Schnäppchenpreis erstanden und das war der Hauptgrund, dass wir uns letztendlich dafür entschieden. Aber an jenem letzten Abend, dem letzten Mal, als ich herkam, um das Gebäude zu inspizieren, bevor wir ein Gebot abgaben, ging ich hier hoch auf das Dach, das zu dem Zeitpunkt nicht mehr als ein Haufen Metall und anderem Mist war. Ich habe keine Ahnung, was man hier oben gemacht hatte, bevor wir kamen, aber es war ein einziger Saustall und ziemlich gefährlich, auch nur hier zu laufen. Das letzte Mal, als ich hier oben war, wartete ich, bis die Sonne untergangenen war, bevor ich hochging. Es war ungefähr zur gleichen Jahreszeit wie jetzt und die Lichter der Skyline gingen gerade eins nach dem anderen an. Das war das erste Mal, dass ich das vom Dach dieses Gebäudes beobachtete und es raubte mir den Atem. Ich stellte mir vor, wie es wäre, ein Restaurant hier oben zu haben, das unseren Mitglieder nochmal ein ganz anderes Level an Privatsphäre bot. Die Aussicht allein ist schon spektakulär, aber verrat mir... was bemerkst du hier noch? Stell dir vor, du wärst ein Mitglied und erzähl mir, was du denken würdest, wenn du hier oben bist."

Sie dachte einen Moment nach, ehe sie sprach. „Ich denke, ich hätte das Gefühl, als... wäre ich draußen an der frischen Luft, wo ich mich an etwas erfreuen kann, dem ich bis dahin lange Zeit nur unten in der Dunkelheit nachgehen konnte."

Ich spürte ein Flattern in meiner Magengegend und wusste nicht, was in aller Welt das war, vielleicht schlechtes Krabbenfleisch im Aperitif? Aber ich bezweifelte das. Wir ließen es jeden Tag frisch aus Maryland liefern. Solange es Penny gut ging, war vermutlich alles in Ordnung.

„Genau", sagte ich nickend, glücklich, dass sie verstehen konnte, wie es sich aus der Sicht eines Mitgliedes verhalten würde, in welche Aktivitäten auch immer es während seiner Zeit im Club involviert sein mochte. „Viele unserer Mitglieder haben in ihrem echten Leben nie die Gelegenheit, ihre Fantasien auszuleben. Sie sind zu wichtig, zu bekannt, zu sehr im Rampenlicht. Also passiert das bei ihnen alles im Geheimen, in den Nischen unseres Hauptbereiches oder in unseren Privatzimmern hinten im Gebäude. Wir haben ihnen alles zugänglich gemacht, aber ich wusste, dass das hier etwas war, dass ich in die Endvision des Clubs einbeziehen wollte."

Ihr Körper war warm und summte vom Alkohol. Ich konnte es an ihren Wangen und Augen sehen, aber da war auch noch etwas anderes und ich zählte darauf, dass dieses etwas später an diesem Abend zum Zug kommen würde.

„Du hast hier oben einen wirklich hübschen Ort geschaffen. Ich kann nachvollziehen, dass deine Mitglieder sich hier oben auf der Terrasse glücklich und sicher fühlen. Draußen im

Freien, wo sie frische Luft atmen können."

Ich nickte. „Ich wollte, dass sie atmen können. Hier oben gibt es auch Ecken für sie, an denen sie verschiedene Aktivitäten ausüben können, wenn sie möchten." Ich gestikulierte zu einigen Sitzgelegenheiten, die eine Feuerstelle umringten. „Aber eigentlich geht es mehr darum, Luft zu schnappen und zu sein, wer sie sind, draußen im Freien, ohne die Sorge, dass jemand sie sehen könnte."

Sie blickte auf die Skyline hinaus und über die gesamte Terrasse. „Ich sehe schon, dass ihr Sicherheit und Privatsphäre sehr ernst nehmt. In der Nähe gibt es keine andere Dachterrasse, auf der sich jemand verstecken und Fotos schießen könnte."

„Ganz genau. Wenn jemand wirklich entschlossen wäre, ein Foto zu machen, und die richtige Ausrüstung hätte, dann gäbe es natürlich trotzdem irgendeinen Weg, das zu schaffen, da bin ich mir sicher. Aber unsere Security hat stets ein Auge auf solche Dinge und ich denke, dass es aus der Entfernung, in der sich eine Person in dieser Situation befinden würde, sehr schwierig ist, ein vernünftiges Foto von irgendjemandem zu machen, der sich zu dem Zeitpunkt auf der Terrasse aufhält. Zu der Tageszeit, wenn die meisten Leute hier oben sind, ist die Terrasse zu schwach beleuchtet."

„Schlau", sagte sie, während sie den Rest ihres Drinks trank und ihren Teller von sich schob. Etwas schien sie mutiger werden zu lassen, wahrscheinlich die Drinks, und ich konnte sehen, dass sie ihren Mut zusammennahm, um mich etwas Wichtiges zu fragen.

„Jetzt, nachdem wir all das wunderbare Essen und Gespräch genossen haben, habe ich gehofft, dass ich dir eine sehr ernste Frage stellen könnte. Ich möchte, dass du ehrlich zu mir bist."

Ich nickte. „Okay, Pfadfinderehrenwort."

„Erzähl mir von den Jungfrauen." Sie

sagte es in einem schlichten, nüchternen Tonfall.

„Ich weiß nichts über den Status unserer Angestellten, wenn sie hier anfangen. Es gibt einige, von denen ich dir versichern kann, dass sie keine Jungfrauen sind, aufgrund meiner... ähm, persönlichen Beziehung mit ihnen."

„Komm zum Punkt, Pete. Ich möchte etwas über den Auktionsraum hören. Jeder weiß davon und es scheint ein offenes Geheimnis zu sein. Ich möchte, dass du mir von den Versteigerungen der Jungfrauen erzählst."

Sie stellte ihre Fragen sehr selbstbewusst und trotz ihres Tonfalls, war sie sehr freundlich dabei. Ich streckte meine Hand aus und ergriff ihre, deren Rücken ich sachte streichelte.

„Penny, ganz egal, was du gehört hast, ich möchte dir sagen, dass es nicht stimmt. Wir tun nicht, was du denkst, das wir tun." Ich legte ihre Hand wieder auf den Tisch und teilte ihr damit mit, dass dies das Ende der Fragen zu diesem

Thema war. „Wie war dein Essen? Ich hoffe, es hat dir geschmeckt."

„Das Essen war einfach fantastisch", entgegnete sie, blinzelte und lenkte ihre Gedanken sichtlich von den Jungfrauen und dem Auktionsraum weg. „Meine Komplimente an den Koch. Ich weiß nicht, wer es ist, aber du musst ihn behalten. Welch herausragendes Essen."

Ich lächelte, erfreut, dass sie mit dem Essen zufrieden war. „Warum gehen wir nicht zurück in mein Büro? Es gibt da noch ein paar Materialien, die ich dir gerne für deine Story geben würde, und dann werde ich dich für den Abend gehen lassen."

SOBALD WIR IN meinem Büro waren, schloss ich die Tür hinter mir und packte Penny, zog sie dicht zu mir und presste meine Lippen auf ihre. Ich hatte sie den ganzen Abend schon küssen wollen und hatte dem Drang viele Male nur knapp widerstehen können. Doch jetzt benötigte ich schon sämtliche Willenskraft, um ihr nicht die Kleider vom Leib zu reißen.

Ich drehte sie um und presste sie an die Tür, wobei ich an den Traum dachte, den ich vor ein paar Nächten gehabt hatte. Ich spürte, wie mein Schwanz zuckte und anschwoll, während ich mich an sie drängte. Die Reibung zwischen unseren Körpern war heiß und nahm sekündlich zu.

Sie wollte das und sie leistete keinerlei Widerstand. Trotz des Katz-und-Maus-Spiels, das wir am Laufen hatten, konnte ich fühlen, dass sie erregt und bereit war. Sie wollte mich, wollte genau jetzt meinen Schwanz in sich haben, aber ich würde sie warten lassen... oder sogar darum betteln lassen.

„Ich will das schon tun, seit ich dich das erste Mal sah", gestand ich, während ich den Rand ihrer Ohrmuschel entlang leckte. Das entlockte ihr einen Schauder und ließ meinen erigierten Penis vor

Vorfreude schmerzen. Sie liebte es und ich würde sie bis zum Gipfel treiben. Fuck, es würde allerdings wirklich schwer werden, sie nicht hier auf meinem Sofa zu nehmen.

„Was wirst du tun?", fragte sie atemlos und ich küsste abermals ihren Mund in dem Bemühen, sie zurück in die Gegenwart zu holen und ihr zu versichern, dass sie lieben würde, was auch immer wir tun würden.

„Ich werde dein Bein hochheben", antwortete ich, während ich die sensible Stelle ihres Halses küsste, gerade unterhalb ihres Kieferknochens. Meine Hände umklammerten ihre Taille und glitten beide hoch zu ihren Brüsten, die sie kneteten und massierten, während ich fortfuhr ihren Hals zu küssen und leise Worte an ihre noch sensiblere Haut flüsterte. „Ich werde es über meine Schulter legen, damit du weit für mich geöffnet bist. Ich werde dir alles erzählen, was ich mit dir vorhabe, bis du so feucht und so bereit zum Vögeln bist, dass du es nicht mehr aushältst. Willst du meinen Schwanz in dir haben, Penny?"

Sie schluckte schwer und schloss die Augen. „So sehr ich es auch hasse, das zuzugeben... fuck, ja, Pete. Ich will dich in mir haben. Ich will dich reiten, wie die Frau mit dem Halsband den Mann auf dem Sofa geritten hat. Ich will spüren, wie du in mir kommst."

Gottverdammt... sie törnte mich dermaßen an und ihre Stimme war wie... etwas, an das ich mich erinnerte. Ich dachte kurz daran, sie zu fragen, ob sie mal für eine Telefonsex-Hotline gearbeitet hatte. Eine von denen, die ich während meiner Collegezeit regelmäßig angerufen hatte. Aber ich hatte so eine Ahnung, dass diese Frage im Moment nicht allzu gut ankommen würde. Ich zog ihre Hand nach unten und drückte sie gegen die Vorderseite meiner Hose, damit sie meine Härte spürte. Sie umfasste meine Beule zärtlich und streichelte mich durch den Stoff meiner Hose.

„Gott, ich will dich, Penny." Ich stöhnte die Worte an ihrem Hals und zog ihre Hände dann hoch über ihren Kopf, hielt sie dort fest und küsste sie erneut energisch. „Ist deine Pussy feucht für mich?"

Sie nickte und schnappte nach Luft.

„Gut", sagte ich. Ich brauchte einen Moment, bis ich wieder die Kontrolle über jedes Molekül in meinem Körper hatte, sodass ich sie loslassen und zurückweichen konnte. Ich hatte eine geradezu obszöne Erektion und wollte sie auf ihren Knien, damit sie mir den Schwanz blies, bis ich meine Ladung auf ihren Titten verspritzte... aber nicht heute Nacht.

„Ich hoffe, du hattest einen schönen Abend", sagte ich, während ich zu meinem Schreibtisch ging und mich dahinter stellte. „Wir können einen Termin für einen Abend in der kommenden Woche vereinbaren, an dem du vorbeikommen kannst. Dann können wir uns noch einige andere Bereiche des Clubs ansehen."

Penny stand da, schockiert und stumm. Ich wartete, dass sie irgendetwas sagte, aber sie war noch immer zu sehr in dem Moment gefangen und ihr fielen keine Worte ein.

„Du findest bestimmt selbst nach draußen", sagte ich mit einem Lächeln und Nicken.

Sie brauchte einen Moment, dann presste sie ihre Lippen zu einem dünnen Strich zusammen, bevor sie auf dem Absatz kehrtmachte und ging, wobei sie die Tür hinter sich zuknallte.

7

ENNY

„Dieser beschissene Scheißkerl", fluche ich, während ich in mein Schlafzimmer trampelte, nachdem ich an meinem Apartment angekommen war. Der Taxifahrer war in der Stimmung für ein Gespräch gewesen und... einfach nein. In dieser Nacht kam das nicht mehr in Frage, nicht nachdem Pete fucking Wilson mich mit Dirty Talk zu dem Punkt gebracht hatte, an dem ich feuchter gewesen war als in vielen Jahren, und mir dann praktisch gesagt hatte, ich solle nach Hause gehen, nach wie vor klebrig und zitternd.

Auf der Taxifahrt nach Hause hatte ich fühlen können, wie die Feuchtigkeit meinen Slip tränkte, während ich mir gewünscht hatte, der Fahrer würde endlich die Klappe halten. Jetzt, da ich endlich allein in meinem Zimmer war, lief ich wie ein Tiger im Käfig darin herum und fragte mich, was in aller Welt ich tun sollte. In jenem Moment hatte ich beschlossen, dass ich ihn gewähren lassen und meinen ersten Hatefuck genießen würde. Er würde phänomenal werden. Das Essen war klasse gewesen, genauso wie die Drinks, und als ich zurück in sein Büro gegangen war, hatte ich beabsichtigt, ihn zu besteigen und zu reiten, als gäbe es kein Morgen.

Doch nein, das waren nicht Petes Pläne gewesen. Ich wusste nicht, was für hirnverbrannte Pläne er verfolgte, abgesehen davon, mich so zu reizen, dass es schon an Folter grenzte.

Ich wollte gerade in die Dusche springen und das Gefühl des Abends von mir waschen, als ich mein Handy aufleuchten sah. Es war noch immer auf stumm geschaltet, aber ich nahm es in die Hand und sah, dass Petes Nummer angezeigt wurde. Ich zögerte, weil ich einen Augenblick dachte, dass ich ihn hängen lassen sollte, wie er es mit mir getan hatte, aber dann ging ich dran. Vielleicht würde ich dem Kerl die Meinung geigen.

„Hallo", sagte ich angespannt.

„Du musst wirklich sauer auf mich sein", erwiderte er, ohne sich mit einer Einleitung aufzuhalten, und kam direkt zum Punkt.

Ich sagte nichts.

„Gut." Ich konnte das Lächeln in seiner Stimme hören und das brachte mich so richtig auf die Palme. „Penny, so operiere ich normalerweise nicht. Eigentlich würde ich nicht zugeben, wie sehr ich eine Frau will… aber ich will dich. Mein Schwanz ist gerade so hart, dass es schon wehtut und es hat mich wirklich sämtliche Kraft gekostet, dich nicht dort in meinem Büro zu nehmen. Das weißt du, oder? Du weißt, wie verflucht heiß du bist, wie sehr du mich antörnst. Wenn du es nicht weißt… nun, das ist der Grund, warum ich dich anrufe. Und weil ich dich wiedersehen möchte."

Ich schluckte. Oh, zur Hölle, nein. Er würde mich nicht in das hineinziehen, was auch immer es war, das er machte. Ich würde mich nicht dazu überreden lassen, mit diesem Kerl auf ein Date zu gehen.

„Ich date Interviewpartner nicht."

„Das hast du nicht. Aber das wirst du."

Ich schwieg, brodelte innerlich. „Meinst du das etwa ernst? Warum sollte ich das?"

„Ja, das meine ich ernst. Damit ich dir zeigen kann, was mich ausmacht.

Damit ich dir zeigen kann, was der Club für die Menschen ist, die hier Mitglied sind. Es gibt noch so vieles in den Nischen und anderen Zimmern zu sehen. Ich möchte dir alles zeigen."

Ich schwieg einen Moment, in dem ich nachdachte. Lauren hatte bereits Pläne gemacht, die am folgenden Abend in die Tat umgesetzt werden würden. Ivan würde dort sein und er hatte sich einen Platz für etwas gesichert, das man nur als ein exklusives Event für Mitglieder bezeichnen konnte. Ich wusste nicht, welche Strippen Lauren letzten Endes gezogen hatte, aber sie hatte irgendwie das Management überzeugt, dass Ivan, ein Kerl mit einer gewöhnlichen Mitgliedschaft im Club, das nötige Kleingeld besaß und bereit war, einen Kauf bei diesem exklusiven Event zu tätigen, worum auch immer es sich dabei handelte. Ich hatte Ivan schon öfters gesehen. Er war nicht unbedingt ein typisches Club V Mitglied und es fiel mir wirklich schwer, zu glauben, dass er irgendjemandem weismachen konnte, dass er die Art von Geld besaß, die nötig war, um eine Jungfrau zu kaufen. Aber wenigstens hatte er sich ein Ticket besorgen können, um in diesen supergeheimen Raum zu gelangen. Und am Ende der Nacht würden wir ganz genau wissen, was dort drin vor sich ging.

„Wo würdest du dich gerne mit mir treffen?", fragte ich schließlich.

„So langweilig es auch ist, ich muss morgen Abend arbeiten. Hättest du etwas dagegen, dich hier mit mir zu treffen? Es gibt hier eine Menge Orte, an denen wir unsere Ruhe haben."

„Schön. Ich bin um sieben da." Ich machte Anstalten, aufzulegen, aber Pete meldete sich nochmal zu Wort.

„Warte... Penny, wo ist dein Aufnahmegerät?"

Ich griff in meine Handtasche. „Ich hab es hier." Ich hatte es auf meinem Weg aus dem Club wieder in meine Tasche gestopft.

„Wenn wir das Telefonat beendet haben, möchte ich, dass du es anschaltest. Ich möchte, dass du dir alles anhörst. Ich möchte, dass du die Geräusche des Clubs wahrnimmst und alle Gespräche, die wir geführt haben... und ich möchte, dass du dich berührst. Massiere deine Klit. Ich möchte, dass du daran denkst, dass ich dich ficke, während du all das Gestöhne und die Hintergrundgeräusche hörst. Denn Penny... ich werde dich so hart ficken."

VERFLIXT UND ZUGENÄHT, dachte ich zum gefühlt millionsten Mal an diesem Tag. Pete hatte recht gehabt. Die Aufnahme war heiß. So heiß, dass ich sie online verkaufen könnte und vermutlich eine Menge Geld damit verdienen würde. Man hörte Gestöhne und Geschrei. Menschen schrien während der gesamten Audioaufnahme, während Pete und ich unser eigenes Gespräch führten, in dem Hitze und Erotik immer wieder aufbrandeten. Das Gespräch mithilfe der Audiodatei noch einmal zu durchleben, versetzte mich direkt zurück in diese Situation. Ich schlüpfte aus meinem Kleid und Slip und ins Bett, wo ich mit den Fingern zwischen meine Beine glitt und meine feuchte Spalte ertastete.

Ich schickte Pete eine SMS: Du hast mich so verdammt feucht gemacht.

Er schrieb nur wenige Minuten später zurück: Ich beabsichtige, noch viel Schlimmeres zu tun.

Er könnte durchaus mein Ende sein, doch es war mir schnuppe. Ich war bereit, von ihm genommen zu werden, wie ich es schon vor all diesen Jahren in dem Aufzug gewesen war. Ich hatte nicht vergessen, was er mir angetan hatte, aber ich entschied mich dafür, es zu der Sache zu machen, die mich zu meinem Ziel führen würde. Einem Hatefuck. Es war einfach zu lange her, seit mich ein Mann zum Höhepunkt gebracht hatte. Ich würde von dem Kerl fantastisch durchgevögelt werden und es damit gut sein lassen.

Ich lauschte der gesamten Audioaufnahme und brachte mich mehrere Male zum Orgasmus, bevor ich schließlich zum sinnlichen Ende kam. Meine Nippel kribbelten und sehnten sich danach, gesaugt zu werden. Ich zwickte sie fest in dem Versuch, das Verlangen zu lindern. Ich griff in meine Nachttischschublade, zog meinen Lieblingsdildo heraus und stieß ihn ohne irgendeine Vorbereitung in meine Pussy. Ich war zu scharf, ich war zu geil, und wollte mich einfach so voll fühlen, wie ich es nur bei einem harten Schwanz tat. Ich schrie auf, als die Finger meiner anderen Hand meine Klit zwirbelten und mein Körper von einem Orgasmus überrollt wurde, der um die Dicke des Dildos pulsierte. Dabei dachte ich mir, dass das beim nächsten Mal mit Pete Wilsons Penis passieren würde.

„Okay, also dir ist bewusst, dass wir keine Einmischung deinerseits bei diesem speziellen Teil unserer Nachforschungen gebrauchen können", sagte Lauren zum dritten Mal in einer halben Stunde.

„Ich hab's kapiert, ich verspreche es. Ich werde nicht dort reingehen und Ivan in die Parade fahren."

„Solange dir klar ist, dass du den anderen Typen ablenken musst. Er darf heute Abend auf keinen Fall in den Auktionsraum gehen. Ich denke, wenn er dort reingeht, wird es zu viele Fragen geben. Ich habe Ivan selbst eingewiesen und er hat mit unserem anderen Kerl geredet. Er wird klarkommen, aber ich denke, dass dein Typ ein Auge für so etwas hat und definitiv bemerken würde, dass Ivan keiner seiner Stammkunden im Raum ist. Das allein würde schon ausreichen, um Aufmerksamkeit auf Ivan zu lenken und das wollen wir nicht."

„Mach dir keine Sorgen", beruhigte

ich sie, wobei ich mich bemühte, nicht zu viel zu verraten. „Ich werde ihn beschäftigen."

Lauren musterte mich über den Rand ihrer Lesebrille. Sie war nur zehn Jahre älter als ich, aber dieser Blick gab mir das Gefühl, als würden sich die Augen meiner Mutter in mich bohren, nachdem ich abends zu lange weggeblieben war.

„Im Ernst, Lauren, du musst dir keine Sorgen um mich machen. Ich kann auf mich selbst aufpassen. Ich werde Ivan sein Ding machen lassen und mich um meines kümmern. Am Ende der Nacht werden wir uns wieder hier oben mit dir treffen, um die Nachbesprechung zu machen und alles durchzugehen, was passiert ist."

Sie nickte und dachte darüber nach, was ich gesagt hatte. „Okay, zeig mir, was du anziehen wirst."

Ich verdrehte die Augen und ging zu meinem Arbeitsplatz, um den Kleidersack zu holen, den ich mit zur Arbeit genommen hatte. Er enthielt das Kleid und Schuhe, die ich heute Abend tragen würde. Scheinbar wollte Lauren das erst noch absegnen, bevor ich mich meinem Auftrag widmete.

„Rot, nun, ja, dass wird dir bestimmt seine Aufmerksamkeit sichern. Hier ist noch etwas, über das du dir im Klaren sein musst – ich bitte dich nicht, irgendetwas zu tun, mit dem du dich nicht wohlfühlst, verstanden?"

Ich nickte. Wenn sie wüsste, was bisher schon passiert war. Lauren war nicht abgeneigt, für eine Story bis zum Äußersten zu gehen, aber sie wusste auch, dass sie nicht besser als die Männer wäre, die den Club V führten, wenn sie mich diesbezüglich zu sehr drängte. Die Angestellten dazu zu ermutigen, sexuelle Gefälligkeiten zu erweisen, um jemandem Informationen abzuluchsen, war nichts, das wir hier im *Expose* Magazin praktizierten. In den fünfzig Jahren, seit denen das Magazin schon bestand, hatte bestimmt schon mal jemand etwas Schlimmeres getan. Es waren immer Gerüchte darüber im Umlauf, was manche Leute für eine gute Story tun würden, aber nicht einmal ich würde so weit gehen – nicht einmal mit jemandem wie Pete Wilson.

„Solange du denkst, dass du bereit bist", schloss Lauren das Gespräch und ließ mich zurück an meinen Schreibtisch gehen. Ich hängte das Kleid wieder auf und setzte mich an den Tisch, um noch einige Dinge zu erledigen, ehe ich mich für das Date im Club V zurecht machen musste. Doch es ging mir immer noch eine Menge durch den Kopf.

Sara hatte heute Morgen, bevor ich zur Arbeit gegangen war, mit mir geredet und mich gefragt, ob es mir gut ging, und sich einfach allgemein nach meinem psychischen Wohlbefinden erkundigt. Ich nahm mir das, was sie gesagt hatte, zu Herzen – was ich tat war nicht leicht. Nicht im Geringsten. Sich mit jemandem abzugeben, der einen in der Vergangenheit traumatisiert hatte, war schrecklich und öffnete auf viele Arten alte Wunden und rieb noch Salz hinein. Im Grunde genommen machte ich mich wieder vor Pete verletzlich und bat ihn praktisch darum, mir nochmal wehzutun. Ich erzählte Sara nichts von meiner Idee, mit Pete zu schlafen, weil ich wusste, dass sie mir davon abraten würde und sie hätte vermutlich recht damit. Aber da lief noch etwas anderes ab, etwas, das sehr viel primitiver war, und ich war dem inzwischen zu nahe, als dass ich jetzt noch einen Rückzieher machen wollte.

Was auch immer zwischen Pete und mir passieren würde, würde heute Abend passieren, und mir war egal, in welche Gefahr das mein Herz bringen könnte. Ich würde meinen Körper das Erlebnis genießen lassen.

Entdeckt

Pünktlich um neunzehn Uhr kam ich zum Club. Ich wurde reingelassen und da ich mittlerweile schon wusste, wohin ich gehen musste, lief ich durch den Flur zu Petes Büro und klopfte an die Tür.

„Herein", rief er von drinnen. Ich drückte die Tür auf und fand das Büro nur schwach beleuchtet vor. Ich war erst ein paarmal dort gewesen und kannte mich nicht wirklich aus.

„Pete?", rief ich. Dann spürte ich seinen Arm um meine Taille.

„Ich möchte dir etwas zeigen", erklärte er, während er mich zu einigen Bildschirmen an der Wand führte.

„Was ist das?", wollte ich wissen, aber es wurde recht schnell offensichtlich, dass ich mir Überwachungsaufnahmen in Hochauflösung von überall im Club ansah. Es gab ein Dutzend Bildschirme und jeder zeigte einen anderen Ort.

Pete zog mich dicht an sich und atmete den Duft meiner Haare ein. „Du riechst fantastisch", sagte er, während er mit einem Finger von meiner Schulter die Länge meines Armes hinabfuhr und dann wieder nach oben, bis er meine Brust umfing. Er ließ seine Hand dort liegen und wechselte die Schauplätze, die die Bildschirme zeigten, sodass nun auf jedem Leute zu sehen waren, die mitten in irgendeiner sexuellen Aktivität steckten.

„Heilige Scheiße", sagte ich, überrascht von dem, was ich sah. Am Vorabend hatte sich im Hauptbereich schon eine Menge abgespielt, aber das war eine ganze andere Welt. Da ein Dutzend unterschiedliche Szenen vor mir abgespielt wurden, wusste ich nicht, wo ich hinschauen sollte.

„Schau ihnen zu", befahl er und deutete auf ein Pärchen in den Vierzigern, die an unterschiedlichen Enden einer viel jüngeren Frau zugange waren. Der Mann rammte seinen Penis in die Muschi der jungen Frau, während seine Frau rittlings auf dem Gesicht des Mädchens saß und von Wogen purer Lust übermannt wurde, da das Mädchen mit dem Halsband enthusiastisch ihre Pussy leckte.

Plötzlich befanden sich Petes Hände an der Vorderseite meines Kleides und zeichneten den Ausschnitt nach, bis sie direkt zwischen meinen Brüsten zum Halten kamen. Dann riss er das Kleid mit einer fließenden Bewegung und einem lauten Ratsch in der Mitte entzwei. Ich stieß ein leises Quietschen aus, da ich völlig geschockt war von dem, was er mit meinem Kleid gemacht hatte.

„Pete! Was machst du da?"

Er legte eine Hand über meinen Mund. „Die einzigen Worte, die du hier drin aussprechen darfst, drehen sich darum, wie sehr du gefickt werden willst."

Er zog den Rest des Kleides von mir und ließ es zu Boden fallen. Ich war entsetzt und absolut schockiert über das, was er gerade getan hatte, aber ich konnte auch nicht leugnen, dass ich die Aufregung genoss. Natürlich war ich zu seinem Büro gegangen in dem Wissen, was höchstwahrscheinlich passieren würde – nein, was mit Sicherheit passieren würde. Ich hatte bloß überhaupt keine Vorstellung davon gehabt, wie es geschehen würde.

„Setz dich auf den Schreibtisch und beobachte die Bildschirme. Beobachte, wie er seinen Schwanz in sie rammt."

Er setzte mich ohne großes Federlesen oder Sorge um die Gegenstände darauf auf den Schreibtisch und spreizte meine Beine weit. Dabei bemerkte er zum ersten Mal, dass ich ohne irgendetwas unter dem Kleid in seinem Büro aufgetaucht war.

„Du bist eine verflucht verdorbene Hure, nicht wahr Penny? Schon tropfnass und bereit."

Er zog mich an die Schreibtischkante, ging auf die Knie und verlor keine Zeit, meine Spalte mit seinen langen Fingern zu streicheln. Gott, es würde sich wundervoll anfühlen, ihn in mir zu haben, endlich, nach all dieser Zeit, aber ich würde mich zurückhalten und alles genießen müssen, das davor kam.

Er senkte seinen Kopf und leckte von meiner Klit bis zu meinem Po und wieder zurück. Das ließ mich erschauern und meine Knie wurden weich. Ich schaute auf den Bildschirm, aber es fiel mir schwer, mich darauf zu konzentrieren, was dort passierte, wenn doch zugleich so viel zwischen meinen Beinen vor sich ging. Keuchend schrie ich seinen Namen, da ich ihn ermutigen wollte, weiterzumachen. Ich könnte das stundenlang aushalten, obgleich ich wusste, dass ich wahrscheinlich vor Lust durchdrehen würde.

Pete stieß zwei Finger in mich und sah zu meinem Gesicht hoch. „Erzähl mir, was sie machen."

„Oh Gott... ähm..." Ich schaute fragend auf den Bildschirm und versuchte, mich zu konzentrieren. „Ooooh, Pete... er hat sie auf allen vieren. Er vögelt sie von hinten und seine Frau... oh mein Gott, hör nicht auf... seine Frau vögelt ihn mit einem Strap-On. Er kommt gleich."

Gerade als ich das sagte, rammte er seine Finger hart in mich und krümmte sie an meinem G-Punkt, was mich über die Klippe stieß. Ich schrie seinen Namen und biss auf meine Lippe in dem Versuch, mich zu beherrschen.

„Das ist es, mach weiter, Baby." Er ließ einfach nicht locker mit seinen Fingern und mein Körper erbebte wegen seiner Berührungen, wie ich es noch nie zuvor erlebt hatte. Pete Wilson wusste genau, was er tat und ich glaubte, dass ich zum ersten Mal in meinem Leben, die Art von Sex erleben würde, nach der ich mich immer gesehnt hatte.

Während er darauf wartete, dass mein Körper zu zittern aufhörte und ich wieder zu Atem kam, zog er mich vom Tisch und küsste mich hart, während er seinen Gürtel öffnete und seinen Schwanz rauszog.

„Auf den Boden mit dir, du kleine

Schwanzlutscherin. Nimm ihn in deinen Mund und verwöhne ihn."

Ich war auf den Knien und vor einem der eindrucksvollsten Penisse, den ich jemals gesehen hatte. Wenn er es vor zehn Jahren im Aufzug durchgezogen und Sex mit mir gehabt hätte, bin ich mir nicht sicher, was ich mit diesem Monster gemacht hätte. Die Eichel war halb so groß wie meine Faust und Lusttropfen quollen daraus hervor, die ich mit meiner Zungenspitze auffing und seinen salzigen Geschmack genoss. Er hatte einen intensiven maskulinen Duft, der mein Verlangen, ihn zu bespringen, nur noch intensivierte.

„So ist's richtig, leck ihn, Penny", stöhnte er, während ich seine Eichel in den Mund nahm, mit der Zunge darüber wirbelte und die Spitze mit meiner Zunge neckte. Er sog scharf die Luft ein und stöhnte erneut, ehe er meinen Kopf packte und anfing, langsam mein Gesicht zu ficken.

Er war sanft, aber ich wollte es grober, weshalb ich das Tempo beschleunigte, so schnell ich eben konnte, bis seine Atmung so schwer ging, dass ich wusste, er konnte es nicht mehr aushalten. Ich wich sachte zurück und ließ ihn mit einem Plopp aus meinem Mund gleiten. Sein fantastisches Glied wippte vor mir auf und ab und ich hielt seine Hoden fest, umfing sie und rollte sie zärtlich mit meinen Fingern.

„Ich will, dass du mich hart fickst, Pete. Fick meine Pussy."

Ich fragte mich, ob ihn die Worte wohl an damals erinnern würden, aber er war zu gefangen in dem Moment. Er hob mich vom Boden und drückte mich gegen die Wand. Mein Rücken berührte die kalte, harte Backsteinwand in dem Moment, in dem er die gesamte Länge seines Penis in meine Muschi stieß.

„Fuuuuck", brüllte er, während er sich an mich lehnte. „Gott, Penny. Ich werde dich dermaßen mit meinem Sperma füllen." Er drängte seine Hüften gegen mich, stieß langsam und auf eine

Weise in mich, durch die sein Schambein über meine Klit rieb.

„Pete, ich werde auf deinem Schwanz kommen. Hör nicht auf, Baby..."

Das tat er nicht. Ich dachte, es würde niemals enden. Er beugte sich nach unten, um fest an meinen Nippeln zu saugen, während meine Brüste im Rhythmus unseres Liebesspiels hüpften. Das Geräusch war von all seinen Bildschirmen zu hören und wie in einem Porno, schienen alle gleichzeitig den Höhepunkt zu erreichen. Es war die intensivste erotische Erfahrung meines Lebens und ich ritt Welle um lustvolle Welle, während er hart und tief in mich drang und dabei in meine Augen blickte.

Wir verharrten so, miteinander verbunden in einem animalischen Moment roher Vereinigung, als er schließlich losließ und in meine Haare schrie. Seine Hüften stießen so schnell zu, wie sie konnten, fast schon außer Kontrolle, während er Strahl um Strahl seiner Ladung in meine Pussy spritzte.

Ich brach zusammen, während ich nach wie vor die verflucht wahnsinnige Intensität des Moments genoss.

„Oh, fuck! Pete!" Einzelne Silben waren alles, wozu ich momentan fähig war, und meine Muschi hielt ihn fest und zog sich wie ein Schraubstock zusammen.

Er hielt mich dort, bis seine Erektion abzuklingen begann. Als er sich aus mir zurückzog, spürte ich sein Sperma meinen Schenkel hinablaufen.

Ich versuchte, zu Atem zu gelangen, aber konnte nur daran denken, dass dieser Kerl, ohne jeden Zweifel, der Beste war, den ich jemals gehabt hatte.

ER SÄUBERTE mich und wir lagen auf seiner Couch, wobei er mit seinen Fingern durch meine Haare strich, mich küsste und seine Nase an mir rieb.

„Diese Pussy gehört mir", sagte er in einem leisen, aber befehlenden Ton.

Ich ließ ihn denken, was auch immer er im Moment denken wollte.

Es klopfte an der Tür und Asia kam herein. Sie trug das gleiche Outfit wie beim ersten Mal, als ich sie zu Gesicht bekommen hatte – was bedeutete, nichts außer einem Diamanthalsband.

Sie sah uns auf dem Sofa und zwinkerte. „Gibt es irgendetwas, das ich für euch beide tun kann?"

„Du kannst mein Sperma aus dieser heißen kleinen Muschi lecken", antwortete er grinsend.

„Nein – dazu besteht kein Bedarf", warf ich schnell ein und schenkte ihr ein Lächeln, während ich mit der Hand abwinkte. Sie verstand den Hinweis und ließ uns allein. „Du solltest die Tür abschließen", sagte ich zu Pete.

„Eines Tages wirst du es ihr erlauben. Dass sie deine Pussy leckt. Ich will zuschauen. Ich will sehen, wie ihr es euch gegenseitig besorgt."

Ich warf ihm einen Blick zu. „Ich mag wirklich gerne Schwänze."

„Das trifft sich gut", erwiderte er, hob seinen hoch und strich einmal darüber. „Ich hab nämlich einen tollen."

Er war wahnsinnig beeindruckend, dachte ich, während ich beobachtete, wie er wieder hart zu werden begann.

„Ich wünschte, ich könnte länger bleiben, aber ich habe tatsächlich gleich morgen Früh einen Termin. Also muss ich wirklich nach Hause gehen."

Er tat so, als würde er schmollen. „Du wirst mich so liegen lassen?"

Ich grinste. „Ich denke, für den Moment bist du ziemlich gut versorgt. Wir können ja ein anderes Mal da weiter machen, wo wir aufgehört haben."

Ich erhob mich, aber realisierte dann, dass das eine Kleidungsstück, das ich in seinem Büro getragen hatte, in Fetzen auf dem Boden lag.

„Keine Sorge. Ich habe etwas, das du anziehen kannst." Er stolzierte zu seinem Schreibtisch und einem Schränkchen dahinter, aus dem er ein

Paar Yogahosen und ein schwarzes Top zog.

„Das wird reichen müssen, schätze ich."

Pete kleidete mich an, wobei er jeden Zentimeter meines Körpers küsste, und dann zog er mich eng an sich, um mir direkt in die Augen zu blicken.

„Ich meine es ernst, diese Pussy gehört mir. Niemand außer mir berührt sie, bis ich dir andere Anweisungen gebe."

Ich grinste. „Was auch immer du sagst, Pete." Nachdem ich mir meine Handtasche geschnappt hatte, lief ich zur Tür. Das Parfüm ›menschlichen Moschus‹ strömte aus jeder Pore meines Körpers. Ich würde nicht leugnen können, was ich getan hatte, wenn ich wieder im Büro war.

WAS AUCH IMMER LAUREN UND Ivan gedacht haben mochten, sie behielten es für sich. Aber ich wusste, dass zumindest Lauren mir mit Sicherheit auf die Schliche gekommen war. Sie sagte jedoch nichts über das Kleid, das ich nicht länger trug.

„Okay, Ivan. Lass hören. Was geht in dem Auktionsraum vor sich?"

Er seufzte. „Es ist so ziemlich genau das, was ihr gedacht habt. Jungfrauen, alle sehr jung, aber volljährig, soweit ich das beurteilen konnte und laut den Informationen, die verteilt wurden. Ich habe es geschafft, unbemerkt eines der Programme mitgehen zu lassen."

Er reichte den Flyer Lauren und ich stellte mich neben sie, damit ich die Farbfotos und Statistiken der Mädchen sehen konnte, die heute Abend versteigert worden waren.

„Einundzwanzig, neunzehn... achtzehn? Willst du mich etwa verarschen?" Lauren sah mich an und zum ersten Mal dämmerte mir, was wirklich im Club V vor sich ging. Ich hatte es leugnen wollen, aber jetzt konnte ich mir nichts mehr vormachen. Sie versteigerten Jungfrauen, noch dazu sehr junge, an Männer aus der ganzen Welt, die diese jungen Frauen häufig mit sich dorthin nahmen, wo auch immer sie hergekommen waren.

Doch das Schlimmste an dem Ganzen war, wie ich in einem Moment der Klarheit erkannte, dass mich Pete von Anfang an belogen hatte.

Ich konnte nicht warten. Ich lief schnurstracks nach draußen und nahm ein Taxi zurück zum Club. Der Türsteher am Seiteneingang kannte mich inzwischen schon und ließ mich rein. Ich fand Pete im Prinzip dort, wo ich ihn zurückgelassen hatte. Er schloss gerade den letzten Knopf seines Hemdes und machte sich zum Gehen bereit.

„Du beschissener Lügner." Ich kam gleich zum Punkt.

„Oh, du kommst schon wieder?" Er grinste, weil er dachte, er hätte einen tollen Witz gerissen.

„Du bist ein Lügner und wir sind

hier fertig. Ich habe meine Story. Ich weiß, was du machst, Pete. Ich weiß, was hier abläuft. Und du weißt nicht einmal wer ich bin, oder?"

Er hielt inne und betrachtete mich verwirrt. „Wer bist du?"

8

ETE

„Wer ich bin? Bei allem was mir lieb ist, ich wünschte, du hättest es mittlerweile rausgefunden, Pete. Ich hielt dich wirklich für klüger als das, du Dumpfbacke. Aber ehrlich gesagt, beweist das nur, dass du so realitätsfern und selbstbezogen bist, wie ich es immer vermutet habe. Du kannst wahrscheinlich nicht weiter als bis zu deinem Schwanz sehen, außer eine Pussy steht direkt vor dir."

„Zum Teufel noch eins, Penny? Wovon zur Hölle redest du überhaupt?" Sie war wie ein Racheengel in mein Büro gerauscht und ich hatte keinen blassen Schimmer, wovon sie sprach.

„Wovon ich rede? Ich rede über die Story. Den einzigen Grund, warum ich dich interviewt habe, während es dir nur darum ging, mich ins Bett zu kriegen."

Beinahe alles um mich herum drehte sich und ich hatte wirklich Probleme, mit dem mitzuhalten, was sie sagte. Nichts davon ergab irgendeinen Sinn. Kein einziges Wort.

„Ich werde dir verraten, wer ich bin. Ich bin Penny Saxs, alles klar? Und du magst den Namen nicht kennen, aber du wirst dich für immer daran erinnern, denn ich werde diejenige sein, die dich und dein ganzes Imperium zu Fall bringt wegen dem, was du in der zweiten Etage machst."

„In der zweiten Etage?", fragte ich, völlig verwirrt, worüber sie wohl reden könnte. Wir hatten den ganzen Abend hier in meinem Büro verbracht. Sie war nie nach oben gegangen, außer sie hatte das gemacht, nachdem sie mein Büro verlassen hatte. Aber nein, ich hatte dank der Überwachungskameras gesehen, wie sie nach draußen zu einem Taxi gegangen war. In diesem Aufzug hätte sie es niemals in den Hauptbereich geschafft und ich bezweifelte, dass sie einen Versuch auch nur in Erwägung ziehen würde.

„Halt mich nicht zum Narren. Ich rede über deine geliebten, kleinen Auktionen, die du oben durchführst. Diese exklusive Sache, zu der nur die wichtigsten Leute Zugang erhalten?" Pennys Hände waren in ihre Hüften gestemmt und sie stierte mich finster an, nach wie vor in den Klamotten, die ich ihr vor weniger als einer Stunde gegeben hatte. Das Top reichte kaum aus, um ihre Brüste zu verdecken und ohne einen BH schwangen ihre umwerfenden Titten bei jeder Bewegung. Jetzt war allerdings nicht der Zeitpunkt, mich auf Pennys Vorzüge zu konzentrieren.

„Du weißt nichts über die Auktion."

Sie schüttelte den Kopf. „Und ob. Ich habe heute Abend einen Kerl dorthin geschickt. Er hat eine Aufnahme von der ganzen Geschichte und er konnte deinen kleinen Katalog rausschmuggeln, in dem aufgeführt ist, wer heute Abend zur Versteigerung stand. Wenn du denkst, dass wir damit nicht eine Million Ausgaben verkaufen werden, dann irrst du dich aber gewaltig."

Ich war immer noch perplex. Die gesamte Interviewreihe war dazu gedacht, dass sie ein Feature über uns bringen konnten, nicht irgendeine Story, die uns auf eine Weise vor der Öffentlichkeit entblößte, die den Club zerstören könnte. Dann fiel mir wieder ein, was sie als erstes gesagt hatte. Ich wusste nicht, wer sie war.

„Wer zum Geier bist du dann? Für wen arbeitest du?"

Sie zog ein Band mit einem anderen

Presseausweis hervor. „Ich arbeite für das *Expose* und wir bringen eine Story über euch. Wir haben jetzt genug Material, um sie zu veröffentlichen und ich vermute, dass meine Redakteurin die Story so bald wie möglich rausbringen wird wollen. Mach dir erst gar nicht die Mühe, zu versuchen, deinen Kopf vorher aus der Schlinge zu ziehen. Wir publizieren wöchentlich und der Artikel wird noch bis zum nächsten Wochenende draußen sein. Das ist nichts, worauf du monatelang warten musst. Nein, Pete. Du wirst in ungefähr fünf Tagen ganz genau wissen, was das für dein Geschäft bedeuten wird. Ich hoffe, du bist bereit."

Ich stand völlig schockiert da und verstand noch immer nicht, was die Motivation hinter all dem war.

„Also warst du nur hier, um diese Story zu bekommen und wieder zu verschwinden? Warum hat es sich dann wie etwas Persönliches angefühlt?"

Sie senkte die Augen und räusperte sich. „Ich habe getan, was ich tun musste, um dich dranzukriegen. Ich wollte nicht herumsitzen und hoffen, dass du mir die Informationen geben würdest, die ich brauchte. Ich habe dich hier unten beschäftigt, während mein Informant bei der Auktion war. Ich habe dafür gesorgt, dass du mir vertrautest und mich wolltest. Das hat alles andere ermöglicht. Fällt dir das so schwer zu glauben, Pete? Das ich, die kleine graue Maus Penny Saxs, jemanden dazu bringen kann, sich nach mir zu verzehren? Zur Hölle, ich wette, ich könnte es jetzt sofort wieder schaffen, wenn ich es denn wirklich wollte." Penny machte den winzigsten Schritt auf mich zu, aber ich blieb stehen.

Ich holte tief Luft und spürte, wie meine Schultern unter dem Gewicht der Informationen, die ich aufnahm, nach unten sackten. „Hör zu, ich werde nicht so tun, als wäre das hier eine lebensverändernde Liebesaffäre geworden, aber ich habe es wirklich genossen, Zeit mit dir zu verbringen. Und ehrlich gesagt glaube ich nicht, dass du nur hier warst, weil du irgendwelchen Dreck über mich ausgraben wolltest – was, übrigens nicht stimmt. Du hast nicht die geringste Ahnung, was in dem Auktionsraum vor sich geht. Sicher, für jemanden, der es von außen betrachtet, mag es ein wenig zwielichtig klingen, aber ich verspreche, dass jeder, der darin verwickelt ist, genauso wie alle anderen in diesem Gebäude seine Einwilligung dazu gegeben hat. Das ist der Grundstein, auf dem wir diese Firma errichtet haben. Einwilligung ist das Schärfste, was es gibt. Wer würde nicht mit jemandem zusammen sein wollen, der... der mit demjenigen zusammen sein will?"

Penny funkelte mich finster an, ihre Augen loderten wie eine blaue Flamme. „Du verkaufst Frauen an den Höchstbietenden. Das ist Prostitution, Pete. Und dass auch nur, wenn man im Zweifel für den Angeklagten stimmt. In den Augen vieler Leute wird das aussehen, als wärst du in Menschenhandel involviert und niemand ignoriert das, wenn es auf der Titelseite einer großen Zeitschrift gebracht wird. Nicht, wenn Politiker involviert sind. Nicht, wenn knapp achtzehnjährige Mädchen hier sind, um sich zu verkaufen... für was? Was bezahlst du ihnen überhaupt? Denkst du an ihre Sicherheit? Wohin gehen sie? Was ist mit denen, denen du erlaubst, in ein anderes Land zu gehen, oder den Mädchen, die einen Vertrag unterschreiben, um für eine Woche oder einen Monat oder länger bei jemandem zu bleiben? Weißt du, wie das auf jemanden wirkt, der nicht auf die vierundzwanzig Stunden Kink-Orgie steht, die du unter diesem Dach am Laufen hast?"

„Verrat es mir, Penny. Verrat mir, wie es wirkt." Ich provozierte sie jetzt und es gefiel ihr nicht. Gut, ich wollte sie verärgern.

„Es wirkt, als wärst du ein perverser Krimineller. Es wirkt, als wärst du darauf aus, Geld mit einigen der verletzlichsten Menschen unserer Gesellschaft zu verdienen. Es macht dich zu einem kranken Drecksschwein, Pete. Und ich will dich nie wiedersehen."

Sie drehte sich um und rauschte wie ein Wirbelwind aus der Tür. Ich machte mir nicht die Mühe, ihr zu folgen. Das war meine Zeit und Energie nicht wert. Sie besaß allerdings Eier, hierher zu kommen und mit den Anschuldigungen um sich zu werfen, die sie erhoben hatte, während sie mir ganz genau erzählte, was sie tun würde, um den Club zu Fall zu bringen. Was, wenn ich die Sorte Mann wäre, der sie kaltmachte? Sie hatte das Ganze eindeutig nicht richtig durchdacht. Es gab eine Menge Männer in dieser Stadt, die nicht gezögert hätten, sie an Ort und Stelle zu erschießen oder ihr einfach den kleinen Hals umzudrehen, bis er brach.

„Penny, du hast verdammtes Glück, dass du an mich geraten bist und nicht irgendeinen Psycho", sagte ich zu meinem leeren Büro.

Asia musste den Aufruhr gehört haben, denn sie steckte ihren Kopf durch die Tür, nach wie vor nur mit dem Halsband bekleidet. „Brauchst du irgendetwas?"

„Yeah", antwortete ich mit einem Nicken. „Ich denke, ich werde heute Abend mit unserem Anwalt sprechen müssen."

―――

Das Telefonat mit dem Anwalt lief so gut, wie ich es erwartet hatte. Sie würden warten, bis wir auf offiziellem Wege von dem Magazin hörten. Jetzt, da wir wussten, was sie vorhatten, würden wir sie kontaktieren und bitten, die Informationen rauszurücken, die sie zu veröffentlichen planten. Natürlich konnten sie uns diesbezüglich belügen und wir würden im Dunkeln tappen, bis zu dem Tag, an dem das Magazin erschien. Wir hatten jedoch ein paar inoffizielle Informationsquellen, mit denen wir arbeiten, und Leute, von denen wir Gefallen einfordern konnten. Das war nicht das

Ende der Reise für uns und nicht einmal annähernd die bombensichere Sache, wie sie Penny Saxs vorgab, zu haben.

Sie wusste nicht, mit wem sie es hier zu tun hatte. Uns standen eine Menge rechtlicher Hilfen zur Verfügung und auch wenn ich mir sicher war, dass sich das bei dem Magazin ähnlich verhielt, gab es vermutlich einige Dinge, wegen denen wir die Angestellten des *Expose* drankriegen könnten.

„Nicht zu vergessen..." Ich ging zu den Bildschirmen an der Wand und holte die Fernbedienung. Ich schaltete zu einem Bildschirm und spulte um eineinhalb Stunden zurück.

Da war sie, in all ihrer Pracht, Penny Saxs. Und lutschte meinen Schwanz. Ich würde es nicht benutzen, aber ich hatte es und vielleicht war es ja genug, damit sie ihre Hunde zurückpfiff. Die Frau konnte es sicherlich nicht riskieren, ein solches Video von sich dort draußen im Internet zu haben, nicht bei der Branche, in der sie arbeitete. Jedes Mal, wenn jemand nach ihr suchen würde, würde es auftauchen.

In meinem Hinterkopf verspürte ich immer noch dieses nagende Gefühl, dass hier noch etwas anderes vor sich ging. Warum hatte es sich angefühlt, als wäre es etwas Persönliches für sie? Seit dem Moment, in dem sie das erste Mal einen Fuß in mein Büro gesetzt hatte, hatte es sich angefühlt, als würde sie eine Art Rachefeldzug gegen mich führen. Na ja, vielleicht war das etwas zu dramatisch ausgedrückt, aber es handelte sich um eine Art von Abneigung, die man in Anbetracht der Tatsachen mühelos bemerken konnte. Und ja, wir hatten gevögelt und es war spitze gewesen, aber da war sogar noch mehr gewesen. Außer die Frau benahm sich beim ersten Mal mit einem Fremden immer so.

Dann, wie Nebel, der sich nach einem frühen Morgen lichtete, wurden die Dinge allmählich klarer und die Puzzleteile, die zu verbinden ich Mühe gehabt hatte... fügten sich und alles begann Sinn zu ergeben.

Video. Das Internet. Penny Saxs war mir irgendwie bekannt vorgekommen, aber ich hatte nicht genau sagen können warum. Ich ging zu meinem Schreibtisch und setzte mich, tippte zum ersten Mal ihren Namen ein, um herauszufinden, wer diese Frau war, wie viele Artikel sie geschrieben hatte, und warum in aller Welt ich das Gefühl hatte, ich würde ein Gespenst sehen jedes Mal, wenn sie das Zimmer betrat.

Die Ergebnisse wurden schnell aufgelistet. Ihre fake Seite bei dem Männer Magazin. Einige ältere Artikel beim *Expose*. Ihre Social-Media-Accounts. Dann dort, ungefähr auf der Mitte der Seite, fand ich, wonach ich gesucht hatte. Penny Saxs war tatsächlich ein Geist aus meiner Vergangenheit, der zurückgekehrt war, um mich ein letztes Mal heimzusuchen.

Ich fuhr zurück zu meinem Wohngebäude und nach oben zum Penthouse, während ich mir wieder und wieder einredete, dass sie vielleicht nicht die Gleiche war. Das konnte nicht sein. Sie sahen sich überhaupt nicht ähnlich. Aber ich musste meine Aufzeichnungen aus dieser Zeit durchgehen und mich selbst davon überzeugen.

Die Aufzeichnungen befanden sich in einer Schreibtischschublade zu Hause in meinem Büro. Ich wühlte mich durch einige Ordner, ehe ich den fand, nach dem ich suchte, und zog die Dokumente heraus. Ihr Bild war dort zusammen mit ihrem Namen und plötzlich war mir klar, warum sie so erpicht darauf war, Rache zu nehmen.

Penny Saxs war das Mädchen aus dem Aufzug.

Ich schüttelte den Kopf, beschämt und nicht sonderlich überrascht, dass die Sache, die mir in meinem Leben am meisten leidtat, zurückgekehrt war, um mir eins auszuwischen. Selbstverständlich war das passiert, so funktionierte Karma nun mal. Und es war nicht überraschend, dass der Moment meiner größten Schande der Grund dafür sein würde, dass mein Geschäft den Bach runterging. Ich wusste nicht genau, was sie beweisen würden können, aber andererseits wusste ich auch nicht, wie viele Informationen sie überhaupt hatten oder wie genau sie alles auszulegen planten.

Jetzt war die Video-Erpressung, die ich gegen Penny in der Hand hatte, allerdings aus dem Spiel. Ich hatte sie einmal in ihrem Leben gedemütigt und würde es nie wieder tun, ganz egal, was mich das persönlich kosten würde.

Ich saß stundenlang mit diesen Gefühlen herum, bis mein Schreibtischstuhl so unbequem wurde, dass ich aufstehen musste. Die Sonne begann aufzugehen und es war Sonntagmorgen. Ich wusste, was ich tun musste.

Ich nahm mein Handy in die Hand und wählte Pennys Nummer. Niemand hob ab, weshalb ich die Nachricht hinterließ, die ich ihr vor einem Jahrzehnt hätte schicken sollen.

„Penny, es tut mir so unglaublich leid, was ich getan habe. Es gibt keine Entschuldigung dafür und keine Möglichkeit, mich rauszureden. Bitte gib mir eine Chance, dir das alles von Angesicht zu Angesicht zu erklären. Wir können das ausdiskutieren. Komm zu meinem Apartment. Ich werde den ganzen Tag hier sein." Ich hielt einen Augenblick inne, weil mir bewusstwurde, dass die Nachricht noch immer vage war und sie vielleicht nicht verstand, wofür ich mich entschuldigte.

„Ich erinnere mich an dich", sagte ich und legte dann auf.

9

ENNY

Damals war ich dankbar, dass Semesterende war, als das alles passierte. Das machte es mir leichter. Ich würde nicht lange dortbleiben müssen, nicht so, wie wenn es mitten im Jahr passiert wäre. Das wäre eine völlig andere Geschichte gewesen. Aller Wahrscheinlichkeit nach hätte ich abgebrochen und ein ganzes Jahr an Credit Points verloren.

Aber so wie es aussah, musste ich lediglich ein paar Tage später noch eine letzte Prüfung ablegen. Mein Plan war, diese hinter mich zu bringen und dann nach Hause zu gehen. Ich wollte unter keinen Umständen das Risiko eingehen, Pete in dieser Zeit irgendwo auf dem Campus zu begegnen. Ich packte meine Sachen und versuchte das Beste aus einer sehr peinlichen, aber zum Glück privaten Situation zu machen.

Das hielt ganze zwölf Stunden an. Als ich am nächsten Tag aufwachte, kursierte ein Video mit dem Titel „Nerd-Mädchen bittet Sportler sie hart zu ficken" in den Sozialen Medien und ich hätte vor Scham sterben können. Ich verließ mein Zimmer nicht und als meine Mitbewohnerin mich auf das Video ansprach, schwieg ich. Es war überall. Es war mit den entsprechenden Tags versehen und überall auf dem Campus geteilt worden, sodass die meisten Leute wussten, was geschehen war. Einige Leute erkannten mich und nannten meinen Namen in den Kommentaren. Es war dort draußen und es war überall. Die Story wurde sogar in der Campus-Zeitung veröffentlicht und ganz egal, wie sehr ich dem aus dem Weg zu gehen versuchte, das Ding war da. Dankenswerterweise hatte man in dem Video mein Gesicht nicht gezeigt und sich stattdessen dafür entschieden, sich auf Pete zu konzentrieren.

Doch sogar das war schief gegangen. Man hätte meinen können, dass sein Gesicht überall gepostet wurde, dass der Fokus sich auf ihn verschob und er derjenige wäre, der mit den Auswirkungen zu kämpfen haben würde. Aber die Platzierung der Kamera machte es unmöglich, zu erkennen, wer Pete in dem Video war. Niemand wusste, dass es sich um ihren Starfootballspieler handelte. Niemand hätte erraten können, dass es sich um den aufstrebenden Stern des Business-College handelte. Er hatte nie irgendwelche Konsequenzen oder Vergeltung für das erhalten, was er getan hatte, was der Geschichte einen besonders grausamen Anstrich verlieh.

Ich war meine Brille losgeworden, hatte meine Haare geglättet und eine Baseballkappe aufgesetzt, bevor ich zu meiner letzten Prüfung aufgebrochen war. Es hatte gereicht, mein Erscheinungsbild zu verändern, damit ich nicht sofort erkannt wurde, als ich das Wohnheim verließ. Sobald die Prüfung vorbei war, eilte ich zurück zu meinem Zimmer, sammelte den Rest meiner Habseligkeiten ein und verließ für immer die Uni.

Selbst zehn Jahre später wusste ich, dass ich, würde ich nur angestrengt genug suchen und die richtigen Schlüsselworte in die Suchmaschine eintippen, das Video finden könnte, das mir Gänsehaut verursacht und mein Herz in eine Million Stücke zerrissen hatte.

Er hatte mich verletzt, schlimm. Also warum fuhr ich jetzt an einem Sonntagmorgen in aller Herrgotts Frühe mit dem

Entdeckt

Aufzug zu seinem Penthouse? Ich wusste nicht, ob er sich wirklich bei mir entschuldigen würde oder ob das nur ein weiterer grausamer Streich war, den er mir spielen würde. Vielleicht war er wütend wegen dem *Expose* und der Story, die wir über ihn und den Club V bringen würden. Es war schließlich sein Lebenswerk, das in Rauch aufgehen würde.

Der Aufzug pingte und ich fragte mich, ob Aufzüge wohl mein Lebensschicksal waren, als ich hinaus und direkt in Pete Wilsons Wohnzimmer trat.

Er stand dort neben seinem Esstisch in einem Paar Jeanshosen und einem maßgeschneiderten Hemd. Dennoch war er bei weitem legerer gekleidet, als ich es von ihm gewohnt war. Und Gott, sein Körper sah trotzdem fantastisch aus. Obwohl ich verdammt wütend war und nicht vorhatte, dass so schnell zu ändern, konnte ich zugeben, dass Pete Wilson einer der attraktivsten Männer war, die ich jemals gesehen hatte, und definitiv einer der heißesten, mit denen ich jemals Sex gehabt hatte.

„Danke, dass du gekommen bist", sagte er in einem leiseren, tieferen Ton, als ich ihn je von ihm gehört hatte.

„Hör zu, ich möchte eigentlich nicht hier sein und ich weiß nicht, was du mir überhaupt zu sagen haben könntest."

Er machte einen Schritt in meine Richtung und stoppte dann.

„Du bist so wunderschön."

Ich beäugte ihn neugierig. „Komplimente werden dich nirgendwohin bringen."

Er schüttelte den Kopf, als wolle er seine Gedanken klären. „Nein, ich weiß, dass sie das nicht tun werden. Darum geht es hier auch nicht. Und wie ich bereits in der Nachricht sagte, gibt es keine Entschuldigung für das, was ich getan habe. Aber es gibt da etwas, das ich dir über das Ganze erzählen muss. Wirst du dich setzen?"

Ich atmete tief ein und setzte mich auf das Sofa in der Mitte seines Wohnzimmers. Er gesellte sich zu mir, hielt jedoch einen respektvollen Abstand ein.

„Ich werde nicht versuchen, jemand anderem die Schuld in die Schuhe zu schieben, aber ich möchte, dass du weißt, dass es nicht meine Idee war. Ich wollte dir das nicht antun. Yeah, sie haben mich dazu herausgefordert, dich um ein Date zu bitten, aber willst du etwas über mich wissen, das selbst damals schon auf mich zutraf? Ich tat nie etwas, das ich nicht tun wollte. Du hast dich vielleicht für ein hässliches Entlein gehalten, aber wir haben alle unsere merkwürdigen Phasen. Zum Teufel, ich habe einige Fotos aus meiner Zeit in der Highschool, die du sehen solltest."

„Du willst mir doch nicht ernsthaft weismachen, dass du mit mir auf ein Date gehen wolltest." Es war ein verrückter Gedanke und einer, den ich nicht als wahr akzeptieren würde.

Er nickte jedoch mit dem Kopf. „Was soll ich sagen? Ich hörte, wie du einige Dinge in dem Chemiekurs, den wir zusammen hatten, diskutiert hast – ja, ich erinnere mich an dich aus dem Chemiekurs. Ich kann nicht fassen, dass ich dich nicht erkannt habe… na ja… ich meine, du bist ganz eindeutig zu einer wunderschönen Frau erblüht und manche Dinge haben sich verändert, aber deine Stimme. Deine Stimme ist noch immer fast so wie damals, als wir jünger waren."

Ich zuckte mit den Schultern. „Danke, schätze ich. Ich weiß trotzdem nicht, was das hier soll."

Pete stieß einen tiefen Seufzer aus. „Ich wollte dich."

„Was?"

„Ich wollte dich. Damals. So wie ich dich jetzt will. Okay, es war damals vielleicht eher das Wollen eines notgeilen, einundzwanzigjährigen Kerls und es tut mir wirklich leid, dass dir das entgangen ist, aber was ich sagen will ist, dass ich dort war, weil ich dort sein wollte. Ich wollte, mit dir auf ein Date gehen. Und als wir in den Aufzug stiegen und ich dich hoch zu deinem Zimmer brachte, wollte ich Sex mit dir haben. Aber ich war einen Deal mit diesen Typen eingegangen und so sollte es nicht ablaufen. Die Videosache; das war alles ihre Idee und ich wusste nicht einmal, dass es so gelaufen war, bis es viel zu spät war. Als ich loszog, um dich zu suchen, sagte mir deine Mitbewohnerin, dass du schon fort wärst. Und dann kamst du nie wieder zurück und ich war nie in der Lage, dich zu finden."

Ich nickte und biss auf meine Lippe. „Ich bin danach auf eine andere Uni gewechselt. Das Video hat mein Leben fast ruiniert, Pete. Weißt du, dass die Leute meinen Namen im Internet nachschauen, wenn ich mich für einen Job bewerbe, und dass das Video dann auftaucht? Es ist ein Jahrzehnt her und immer noch da. Ich komme nicht davon los. Nun, ich dachte, das hätte ich, und dann warst du plötzlich da, zurück in meinem Leben."

„Und jetzt wirst du mich zu Fall bringen, stimmt's?"

Ich legte den Kopf leicht schief und verengte die Augen. „Warum sollte ich es nicht tun?"

Er streckte seine Hand aus, um meine Schulter zu liebkosen. „Weil ich denke, dass du Gefühle für mich hast. Und du bist eine bessere Person als ich. Du hast kein Interesse daran, irgendjemandes Leben zu zerstören."

Ich stand auf, weil ich seine Reichweite verlassen wollte, doch er zog mich wieder nach unten. Ich landete ungelenk auf ihm und er hielt mich fest.

„Du willst mich noch immer", sagte er in einem tiefen, gutturalen Tonfall. „Ich will dich auch."

Ich kämpfte, um von ihm fort zu kommen, doch es war sinnlos und die Spannung zwischen uns wuchs. Er hatte recht, auch wenn ich mir das nicht eingestehen wollte. Ich wollte ihn ziemlich verzweifelt und gerade jetzt war ich bereit, ihn zu nehmen.

„Mach, was auch immer du willst",

sagte er. „Aber ich lasse dich nicht gehen, bis wir das geklärt haben."

Ich hörte ein Grollen tief in meiner Brust, als ich mich rittlings auf ihn setzte und seinen Hemdkragen packte. Anschließend knöpfte ich sein Hemd auf und schälte es von seinem Körper, während sich meine Hüften auf seinen bewegten. Ich konnte bereits spüren, dass er unter mir hart wurde und wollte nicht warten. Ich wollte Pete in mir haben. Wir würden das klären und ich würde ihn reiten.

„Ich werde dich ficken", verkündete ich und biss in seinen Hals.

Er öffnete den Reißverschluss seiner Jeans und seine Erektion sprang mir entgegen. Ich schälte mich aus meinen Leggings und Slip und er zog mein Oberteil von mir, bevor er mich wieder zu sich zog und über seinem Schwanz positionierte.

„Dann fick mich", sagte Pete, während er sich nach vorne beugte, um seine

Nase zwischen meinen Brüsten zu reiben.

Ich sank auf ihn und er keuchte, bevor er in einen meiner Nippel biss. Es war wild und wütend und voller Schmerz und ich ritt ihn härter, als ich es jemals getan hatte. Ich wollte, dass er fühlte, was ich fühlte. Dass er sich an den Drang erinnerte, der uns im Aufzug beherrscht hatte. Wie sehr ich ihn damals gewollt hatte und dass diese Gefühle noch immer da waren, dieses Verlangen, dass er mich in Besitz und nehmen sollte. Doch jetzt hatte ich die Kontrolle und es kostete diesen dominanten Alpha-Mann einiges an Willenskraft, mich nicht umzudrehen und von hinten zu nehmen. Ich konnte es in seinen Augen sehen, während ich meine Hüften auf ihm kreisen ließ.

Ich rieb über meine Klit und brachte mich schnell zum Orgasmus. Dann, ohne Vorwarnung, ergoss er sich in mir, zum zweiten Mal in weniger als zwölf Stunden, und wir brachen gemeinsam auf seiner Couch zusammen. Irgendwo in Mitten all des Verlangens hatten wir Vergebung gefunden.

―――

„Ich möchte, dass du mit ins Büro kommst und ein paar der Mädchen kennenlernst, die bei unserem nächsten Event versteigert werden."

Ich lehnte mich zurück und betrachtete ihn, nach wie vor unsicher, was ich denken sollte. Ich hatte eine Menge Vorbehalte dem gegenüber, was er im Club V machte, ganz gleich, ob ich ihm etwas vergeben konnte, das er mir vor Jahren angetan hatte. Wenn das, was er machte, als Menschenhandel ausgelegt werden konnte, dann würde der Mann in großen Schwierigkeiten stecken.

„Ich möchte, dass du mitkommst und sie kennenlernst, dir ihre Geschichten anhörst und in Erfahrung bringst, warum sie tun, was sie tun. Gib… gib mir einfach diese eine Chance, es dir zu beweisen, und ich verspreche, du wirst merken, dass es nicht das ist, was du denkst. Es ist mehr."

Ich stieß einen Seufzer aus und lehnte mich an seine Brust, während er eine Haarsträhne aus meinem Gesicht strich.

„Na schön. Ich werde mich mit ihnen unterhalten. Aber das ist alles, was ich verspreche."

KAPITEL ELF

PENNY

Es war bereits ein Meeting mit der nächsten Gruppe Frauen anberaumt worden, die die Auktionsbühne des Club V erklimmen würde. Es würde diesen Nachmittag stattfinden, weshalb Pete und ich duschten und dorthin fuhren. Sie würden alle noch am selben Abend versteigert werden und es war eine der wichtigeren Auktionen des Jahres. Fast alle Bieter stammten aus dem Ausland. Einige wenige bezahlten für Langzeitverträge, aber die meisten erwarben nur eine Woche mit ihrem Halsband tragenden Mädchen hier in der Stadt.

Zwölf von ihnen saßen in einem Kreis um den Konferenztisch im Clubbüro. Sie standen alle nacheinander auf, um sich vorzustellen und jede erzählte kurz, wer sie war, ein paar ihrer Hobbies und warum sie sich dazu entschieden hatte, an der Auktion teilzunehmen.

Das war der Teil, der mich am meisten interessierte. Ich war erpicht darauf, ganz genau zu hören, was diese Frauen an diesen Punkt gebracht hatte. Taten sie es aus Verzweiflung oder Verlangen? Taten sie es, weil es schnell verdientes Geld war?

Pete hatte mir auf dem Weg hierher erzählt, dass es in Ordnung war, wenn ich Fragen stellte. Allerdings wäre es ihm aus offensichtlichen Gründen lieber, wenn nichts davon in dem Feature im Magazin erwähnt würde. Diese Frauen verdienten den Schutz ihrer Privatsphäre und ich würde nichts tun, das diese gefährdete.

Jede von den Frauen war auf ihre einzigartige Weise sehr hübsch und als sie begannen ihre Gründe zu schildern, weswegen sie hier waren, merkte ich, dass jeder Grund so unterschiedlich war wie die Frauen selbst. Jede Hautfarbe war hier vertreten. Mehrere Sprachen wurden gesprochen. Manche hatten finanzielle Probleme, aber die eine Sache, die für mich vor allem herausstach, war die Tatsache, dass sie hier sein wollten.

Sie sprachen offen über ihre Sexualität. Die ganze Erfahrung verlieh ihnen ein Gefühl der Macht, als hätten sie die Kontrolle darüber, wann sie ihre Jungfräulichkeit verloren. Sie gaben sie nicht einfach an irgendeinen Fremden, sondern sie teilten ihre erste sexuelle Erfahrung mit jemandem, der sie gut behandeln und genießen wollte, wie es war, etwas zum ersten Mal mit jemandem zu erleben.

„Beginnst du allmählich zu verstehen, wie es sein kann?", fragte Pete, als wir hinaus in den Gang traten, damit sich die Frauen auf die Auktion vorbereiten konnten.

„Ich denke, das tue ich wirklich."

Er lächelte. „Dann lass uns zur Auktion gehen."

WIR TRATEN in den verdunkelten Auktionsraum und Pete führte mich herum, um mir zu zeigen, wo alles passierte.

Jeder Bieter besaß seinen eigenen privaten Tisch, die alle leicht oberhalb der Bühne platziert waren, damit man beste Sicht hatte. Von dort oben würden sie alle hereinkommen und ihre Plätze suchen und im Anschluss würde die Versteigerung ihren Lauf nehmen.

„Es ist wirklich sehr simpel", begann er, während er mir zeigte, wo bestimmte Mitglieder stets saßen. „Wir haben ein paar, die Stammkunden sind und so oft kommen, wie wir diese Auktionen veranstalten. Manchen von ihnen müssen wir den Zugang verwehren, damit andere eine Chance bekommen." Er verzog leicht das Gesicht. „Manche stehen einfach wirklich darauf und es ist ihr Privileg. Wir geben ihnen, wonach sie suchen auf eine Art, die legal ist, mit Frauen, die willig sind und am meisten davon profitieren werden."

Er führte mich zu dem Zuschauerbereich. Wir würden an diesem Abend die Einzigen dort sein und er war aufgeregt, mich die Vorgänge beobachten zu lassen. Niemand konnte uns hinter dem verdunkelten Glas sehen, weshalb wir eine Menge Privatsphäre hatten, während wir zuschauten, wie sich der Auktionsraum zu füllen begann. Eine halbe Stunde, nachdem alle gekommen waren, erschien das erste Mädchen auf der Bühne.

„Schau hin", wies mich Pete mit einem Flüstern an.

Ich sah dabei zu, wie das Mädchen dazu angehalten wurde, sich nach vorne zu beugen und sich vor ihren potenziellen Bietern zu entblößen. Die erste war Prada und ihre dunkle Haut schimmerte wie Marmor im Bühnenlicht. Ihre Brustwarzen waren aufgerichtet und zusammengezogen, nicht größer als ein Quarter. Ein Mann in der ersten Reihe hob die Hand und sein Gebot wurde notiert. Zwischen ihm und einer Frau weiter hinten im Raum ging es eine ganze Weile hin und her und am Ende ging Prada an die Frau.

„Stell es dir vor, Penny. Keine von ihnen ist jemals zuvor mit jemandem zusammen gewesen. Es geht hier nicht nur ums Geld. Du hast sie unten gehört. Viele von ihnen sind hier, weil sie ihr erstes Mal mit einer Person haben möchten, die gewillt ist für dieses Privileg zu bezahlen. Jemand, der weiß, was er tut. Jemand, der sie richtig vögeln kann."

Ich stand vor ihm und starrte durch das Glas, als ich ihn hinter mir spürte. Er schob meinen Rock hoch, zog meinen Slip runter und begann, mich zu fingern, während Michelle, die Rothaarige mit den großen, prallen Nippeln und hübschem runden Hintern auf die Bühne lief.

„Oh, Pete… hör nicht auf."

„Ich habe es nicht vor."

Er fingerte mich, während wir beobachteten, wie sie sich umdrehte und für die Menge mit dem Hintern wackelte. Ihre helle milchweiße Haut sah so herrlich unberührt aus. Ich vermutete, dass sie für einen ziemlich hohen Preis versteigert werden würde. Ihr Körper war unglaublich und für einen Moment fragte ich mich, wie es wohl sein würde, diesen prallen Nippel in den Mund zu nehmen und wie ein Kind daran zu saugen.

„Sieht sie nicht umwerfend aus, Penny? Würdest du sie gerne ficken?"

Ich keuchte und nickte. Daraufhin

entfernte Pete seine Finger und beugte mich nach vorne, sodass ich gegen das Glas gepresst wurde. Langsam neckte er mich mit der Spitze seines Penis und drang dann Zentimeter für Zentimeter in mich, bis er ganz in mir war.

Er bewegte sich in einem so langsamen Rhythmus vor und zurück, dass ich dachte, ich würde den Verstand verlieren. Sein dicker Schwanz traf all die richtigen Stellen und ich hob meine Brüste vorne aus meinem Kleid, damit ich in meine schmerzenden Brustwarzen zwicken konnte.

Als nächstes war Safire dran, die mit Abstand die kleinste der Frauen war, denen ich vorgestellt worden war. Ihre Brüste waren jedoch riesig und schwangen hin und her und die Männer boten sofort für sie. Sie wollten alle ihre Schwänze tief in ihrem weichen Körper versenken.

„Penny, hast du auch nur die geringste Ahnung, wie es sich anfühlt... nach all diesen Jahren in dir zu sein?

Ich... ich werde dir nie richtig erklären können, wie sehr ich dich in diesem Aufzug wollte. Ich hatte nie... damals hatte ich nie..."

„Ich auch nicht", antwortete ich mit einem Keuchen. „Pete, ich will, dass du mich hart fickst. Fick mich so, wie du es in dem Aufzug tun wolltest." Für den Bruchteil einer Sekunde gab ich dem Gedanken nach, wie mein Leben wohl ausgesehen hätte, wenn wir in diesem Aufzug wirklich Sex gehabt hätten. Wenn es kein Video gegeben hätte. Wenn es nur Pete und mich gegeben hätte, die im Wohnheim zur Sache gegangen wären. Vielleicht hätte es nie einen anderen gegeben.

Dann ließ er los. Die Mädchen begannen sich auf der Bühne zu versammeln; eine lange Schlange von ihnen verließ nacheinander den Raum, während Pete meine Brüste packte und wie ein Wahnsinniger in mich stieß, womit er mich zum Schreien brachte. Doch plötzlich zog er sich zurück.

„Fuck, Penny. Ich will in deinem Mund kommen. Leg deine Lippen um meinen Schwanz. Blas ihn, als würdest du es lieben, Baby."

Schon befand ich mich auf den Knien auf dem Boden, nahm ihn in den Mund und massierte ihn schnell, um seinen Rhythmus beizubehalten. Seine Augen waren halb geöffnet und blickten hinab auf mich, das Gesicht zu einer Grimasse verzerrt.

„Oh yeah, hier kommt es!"

Ich nahm ihn bis zu meinem Rachen auf und mein Mund wurde mit seinem Sperma geflutet. Ich trank jeden einzelnen Tropfen, war durstig nach ihm. Als er schließlich erschlaffte, war die Auktion zu Ende und die Mädchen auf dem Weg nach Hause mit den Männern und Frauen, die sie entjungfern würden. Ein Teil von mir war eifersüchtig.

„Keine Sorge", sagte Pete und küsste meine Lippen. „Du kommst mit mir nach Hause."

10

ENNY

„P ENNY?" Pete legte seine Finger unter mein Kinn und drehte mein Gesicht, damit ich ihn ansah. Nach einer langen Auktionsnacht im Club lagen wir im Bett und ich war erschöpft von unserem Liebesspiel. Pete war im Bett eine richtige Maschine.

„Ja?"

„Es tut mir so leid, dass ich dir wehgetan habe."

Es drang endlich zu mir durch und zum ersten Mal seit zehn Jahren erlaubte ich mir, es zu glauben. Pete tat es leid und nicht nur das. Es war nie seine Absicht gewesen, mir wehzutun. Er übernahm die Verantwortung für die Rolle, die er bei dem Streich gespielt hatte, aber die Wahrheit war, dass es nicht von ihm ausgegangen war. Es war eine Herausforderung gewesen, die ihm einige andere Jungs gestellt hatten und wegen seines Alters und Unerfahrenheit war er darauf hereingefallen. Ich war zur falschen Zeit am falschen Ort gewesen und es war schrecklich, was mir passiert war. Doch es war schon so lange her und ich konnte nicht zulassen, dass diese Geschichte aus der Vergangenheit noch länger an mir nagte und mich daran hinderte, das Leben in vollen Zügen zu genießen.

„Ich weiß", erwiderte ich leise. „Und ich vergebe dir."

Ich sah eine Woge der Erleichterung über Petes Miene schwappen und in diesem Moment erkannte ich, dass er das Ganze genauso lange mit sich herumgeschleppt hatte wie ich. Es war nicht das Gleiche. Er war in der Situation nicht das Opfer gewesen, aber ich wusste, wie sich Schuld anfühlte und was sie der Seele einer Person antun konnte. Er verdiente es nicht, noch länger davon geplagt zu werden. Ich schenkte ihm meine Vergebung gerne. Es war der erste Schritt für uns beide in eine neue Zukunft. Zusammen oder nicht, dies war ein guter Zeitpunkt für uns beide, einen Neuanfang zu wagen.

„Merkwürdig, wie sich manche Dinge letztendlich entwickeln, oder?", sinnierte er leise in der Dunkelheit seines Schlafzimmers. Es waren noch Stunden bis zum Sonnenaufgang und ich musste zurück ins Büro. Das war definitiv mein arbeitsreichstes Wochenende des Jahres gewesen und ich war froh, dass ich es hinter mir hatte.

„Ich schätze, man kann einfach nie sagen, wie etwas verlaufen wird. Ich hatte ganz bestimmt nicht erwartet, dass das alles damit enden würde, dass ich mich gerne in deiner Gegenwart aufhalte", erwiderte ich lächelnd.

„Oh, ich weiß nicht. Ich glaube, du benutzt mich nur für Sex", meinte Pete, während er mich fest an seine Brust zog.

„Vielleicht tue ich das ja", antwortete ich, unfähig mir ein Kichern zu verkneifen.

„Das ist in Ordnung für mich. Benutz mich. Aber sei gewarnt, denn wie ich bereits sagte...", er beugte sich zu mir, um mir ins Ohr zu flüstern, „diese Pussy gehört mir. Außer du willst, dass ich Asia hole."

Ich warf ihm in der Dunkelheit einen Seitenblick zu. „Sie hat fantastische Brüste."

Das überraschte ihn und ich konnte sehen, dass er interessiert war an meinem potenziellen Interesse. „Oh wirklich? Findest du? Ich weiß zufälligerweise von ein paar Dingen, in denen sie gut ist."

„Ich war noch nie mit einer Frau zusammen."

„Nie und nimmer", rief Pete. „Tja, dann werden wir noch etwas länger darüber reden müssen. Wenn du Interesse hast, dann können wir, denke ich, wahrscheinlich jemanden finden, der gut zu dir passen würde. Und wir könnten teilen oder nicht teilen. Solange ich nur zuschauen darf." Er beugte sich nach unten und saugte kurz an meiner linken Brustwarze, ehe er sie aus seinem Mund ploppen ließ.

„Das klingt heiß", sagte ich und machte Anstalten, mich wieder breitbeinig auf ihn zu setzen. Ich hatte an diesem Wochenende mehr Sex gehabt als zu jeder anderen Zeit in meinem Leben und seltsamerweise war mein Appetit kein bisschen gesättigt. Bei Pete fühlte ich mich, als könnte ich endlos weitermachen und er schien mehr als glücklich, mir dabei behilflich zu sein.

„Was wäre, wenn", hob ich zu sprechen an, während ich ihn langsam streichelte und seine Schwanzspitze an meinen Eingang führte, „was wäre, wenn wir eine Jungfrau aussuchen?"

Er riss die Augen auf. „Wirklich?"

Ich nickte und senkte mich auf ihn, wobei ich ihn vollständig in mir aufnahm und so verharrte. Das entlockte ihm ein lustvolles und zugleich frustriertes Stöhnen, weil ich mich nicht bewegte.

„Ich denke, es wäre schön, jemandem auf diese Weise zu helfen. Du weißt schon, jemandem, der sie wirklich braucht. Du hast immerhin das nötige Kleingeld dafür." Ich zwinkerte ihm zu.

„Das habe ich in der Tat und ich würde verdammt gerne eine Jungfrau für dich ersteigern. Du darfst dann auswählen. Jede, die du willst, Penny. Für dich... alles. Wie wäre es mit zweien? Hättest du gerne zwei?"

Ich lachte. „Immer langsam mit den jungen Pferden." Ich begann meine Hüften kreisen zu lassen und er reagierte mit einem Aufwärtsstoß seiner

Hüften auf meine Bewegung. Seine muskulöse Brust schimmerte im Mondlicht und ich konnte mein Glück kaum fassen. Ich war mit einem hinreißenden Mann zusammen, der bereit war, mir all meine Sehnsüchte zu erfüllen.

„Ich würde es lieben, dich mit einer der Jungfrauen zu sehen. Es wäre wunderschön...", keuchte er leise, während ich das Tempo beschleunigte. „Dein erstes Mal mit einer Frau, ihr erstes Mal. Mir ist sogar egal, ob wir sie uns teilen. Es wird das Schärfste sein, das ich jemals gesehen habe. Euch beide zusammen zu beobachten, wie ihr einander erkundet und erforscht. Oh... fick mich, Penny."

Ich bewegte meine Hüften auf eine Weise, die er nicht sehr lange aushalten konnte, wie ich gelernt hatte, und brachte ihn schnell zum Orgasmus, wobei ich gleichzeitig mit ihm aufschrie. Ich fiel auf seine Brust und küsste ihn zärtlich.

„Ich will das", sagte ich.

„Ich auch", erwiderte er, während er meine Haare glattstrich. „Erinnerst du dich daran, als ich davon sprach, warum ich Single bin?"

Ich nickte an seiner Brust.

„Nun, ich schätze, ich kann dir verraten warum, da es nicht gerade offensichtlich ist. Nur erzähl es bitte nicht herum. Ich will nicht, dass viele Leute davon wissen. Sie werden denken, ich hätte meinen Schneid verloren."

„Versprochen", kicherte ich.

„Ich habe es irgendwie satt, nur bedeutungslosen Sex zu haben. Ich bin bereit, mich niederzulassen und eine Frau zu finden, mit der ich zusammen sein möchte. Ich würde gerne irgendwann eine Familie gründen."

Ich stemmte mich wieder nach oben, wobei ich ihn noch immer in mir spürte. „Du überraschst mich, Pete Wilson."

„Das tue ich?"

Ich nickte und lächelte ihn an, auf seinen Hüften sitzend. „Und wenn man bedenkt, wie leichtsinnig wir das ganze

Wochenende über waren, wirst du vielleicht gar nicht so lang warten müssen."

―――――

AM NÄCHSTEN MORGEN suchte ich Ivans Videoaufnahme im Büro sowie die Broschüre, die er bei der Auktion mitgehen hatte lassen, und schaffte es unbemerkt mit beidem in der Hand aus dem Büro zu schlüpfen. Später an diesem Abend verbrannte ich beides in Petes Wohnung. Und als es Zeit wurde, Lauren meinen Artikel abzuliefern, erklärte ich ihr, dass sich die Dinge nicht so verhielten, wie es den Anschein gehabt hatte, und dass wir, wenn sie die Story mit dem gleichen Ansatz, den wir verfolgt hatten, druckte, schon bald bis zum Hals in der Scheiße sitzen würden. Wir jagten etwas hinterher, das es dort nicht gab. Im Club V gingen zudem sehr wichtige Leute ein und aus und den Status quo dieser Leute zu verändern, könnte für uns alle beim *Expose* die Kündigung bedeuten und möglicherweise sogar die Schließung des Magazins. Das war nichts, was irgendeiner von uns sehen wollte und wir würden tun, was wir tun mussten, damit das nicht passierte.

Club V würde geöffnet bleiben. Die Behörden würden den Club nicht so bald behelligen und die Story, die ich letzten Endes veröffentlichte, war positiv und verschaffte ihnen eine Menge Aufmerksamkeit einer Klientel, die sie zuvor noch nie angesprochen hatten. Sie gehörte nicht derselben demographischen Gruppe an. Es handelte sich nicht um alte Männer, die dort waren, um jüngere Frauen aufzugabeln. Nein, die Veröffentlichung im *Expose* brachte Frauen in den Club V. Die Anmelderate weiblicher Mitglieder war höher denn je und jeder weiß, dass Ladies Night die beste Nacht für jeden Club ist.

Was mich und Pete anging... nun, ich blieb bei ihm. Erlebte in meinem Leben mehr als ein paar neue Dinge mit ihm. Und mir wurde bewusst, dass sich der

Kreis manchmal schließt und Menschen wieder in dein Leben gebracht werden, wenn du sie am meisten brauchst, ganz egal, ob du das gleich erkennen kannst oder nicht.

MEHR WOLLEN? Willkommen auf der Der Jungfrauenpakt. Lies jetzt Der Lehrer und die Jungfrau!

Ein alter Mann, eine junge Frau, eine unwiderstehliche Anziehung.

Meine besten Freunde und ich schlossen einen Pakt während dem letzten Monat der High School: Keiner von uns würde als Jungfrau mit dem College starten. Die einzige Frage war, wen wir wählen würden.
Ich wusste genau, wen ich will. Meinen Lehrer, Mr. Parker.

Ich hatte zwar bereits meinen Abschluss,

aber ich war immer noch seine Schülerin.

In letzter Zeit lernt mir Mr. Parker nichts mehr aus dem langweiligen Sozialkundebuch. Er ist herrisch. Er ist fordernd. Er ist so viel älter als ich. Und er zeigt mir das lustvolle Vergnügen, sich jemandem vollständig zu ergeben.

Lies jetzt Der Lehrer und die Jungfrau!

BÜCHER VON JESSA JAMES

Bad Boy Billionaires
Lippenbekenntnis
Rock Me
Holzfäller
Das Geburtstagsgeschenk
Billionaire Bad Boys Bücherset

Der Jungfrauenpakt
Der Lehrer und die Jungfrau
Seine jungfräuliche Nanny
Seine verruchte Jungfrau

CLUB V
Entfesselt
Entjungfert
Entdeckt

Zusätzliche Bücher

Fleh' mich an
Die falsche Verlobte
Wie man einen Cowboy liebt
Wie man einen Cowboy hält
Gelegen kommen
Küss mich noch mal
Liebe mich nicht
Hasse mich nicht

ALSO BY JESSA JAMES (ENGLISH)

Bad Boy Billionaires

Lip Service

Rock Me

Lumber jacked

Baby Daddy

Billionaire Box Set 1-4

The Virgin Pact

The Teacher and the Virgin

His Virgin Nanny

His Dirty Virgin

Club V

Unravel

Undone

Uncover

Cowboy Romance

How To Love A Cowboy

How To Hold A Cowboy

Beg Me

Valentine Ever After

Covet/Crave

Kiss Me Again

Handy

Bad Behavior

Bad Reputation

ÜBER DIE AUTORIN

Jessa James ist an der Ostküste aufgewachsen, leidet aber an Fernweh. Sie hat in sechs verschiedenen Staaten gelebt, viele verschiedene Jobs gehabt und kommt immer wieder zurück zu ihrer ersten großen Liebe – dem Schreiben. Jessa arbeitet als Schriftstellerin in Vollzeit, isst zu viel dunkle Schokolade, ist süchtig nach Eiskaffee und Cheetos und bekommt nie genug von sexy Alphamännchen, die genau wissen, was sie wollen – und keine Angst haben, dies auch zu sagen. Insta-luvs mit dominanten,

Alphamännern liest (und schreibt) sie am liebsten.

HIER für den Newsletter von Jessa anmelden:
http://bit.ly/JessaJames